「こちらがオーロラ真珠の養殖方法について記録した書物です」
包みを開くと、真っ赤な文字で
〝持ち出し禁止書物〟と書かれてあった。
エミリー・ド・オーガ
魔物大公の一人である
オーガ大公。
小柄ながらその力は
大人顔負け。

厳かなパイプオルガンの演奏が
流れる中を歩いていった。
ドレスの裾やベールを運んでくれるのは、
プルルンを始めとするスライム達だった。
ガブリエルが、手を差し伸べてくれる。

「さあ、膝を枕に眠ってちょうだい」
ガブリエルの目元を覆っていた手を離すと、
美しい寝顔が確認できた。
彼はきっと、私を信頼し、
身を預けてくれるのだろう。
そう思うと、たまらなく愛おしく感じてしまう。

slime taikou to botsuraku reijou no angai shiawasena konyaku
江本マシメサ
イラスト 凪かすみ
3
大公《スライム》と令嬢《没落》の
あんがい幸せな婚約

口絵・本文イラスト　凪かすみ

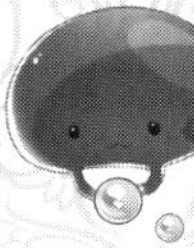

contents

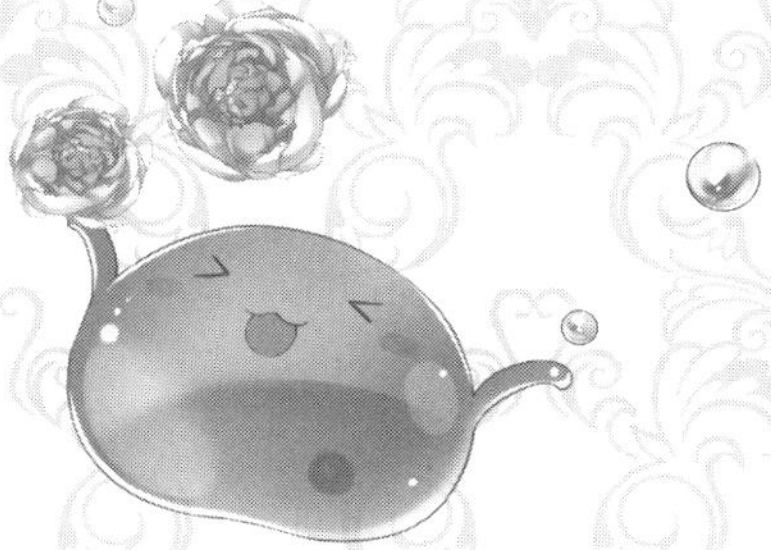

序章　没落令嬢フランセットの、幸せ舞い込む人生

メリクール公爵家《こうしやく》の次女として生を受けた私、フランセット・ド・ブランシャールの人生は、姉アデルが王太子マエル殿下《でんか》から婚約破棄《こんやくはき》されたことによって、大きく変わった。

姉がマエル殿下の愛人を侮辱《ぶじよく》したという謂《いわ》れのない理由で国外追放を言い渡《わた》され、公爵家は没落《ぼつらく》する。

姉はすぐさま隣国《りんごく》の元皇女だった母と共に帝国《ていこく》へと旅立ち、そこで皇太子に見初《みそ》められ、結婚《けっこん》したのちに皇太子妃《ひ》となった。

厳しい王妃教育を乗り越《こ》えた姉と皇太子の結婚を反対する者は、誰一人《だれひとり》いなかったという。

本当にお似合いの二人だった。

ただ、この話はめでたしめでたしで終わらない。

私は母と姉に帝国へ一緒《いっしょ》に行こうと誘《さそ》われたものの、その申し出を断った。

帝国で暮らしたほうが生活は保障されているだろうし、周囲の人達《たち》からも丁重《ていちょう》に扱《あつか》ってもらえる。

けれども帝国で似たような事件が発生し、自分の立場が揺《ゆ》らいだとしたら、またしても同じような辛苦《しんく》に遭《あ》うだろう。

メリクール公爵の娘《むすめ》、元皇女の娘、皇太子の義妹――さまざまな立場を通して自分を評価されるのは、本当の姿を見られていないようで辛い。

貧乏《びんぼう》でも、みすぼらしくても、自分自身で身を立てて暮らすほうがいいように思えて、私は国に残った父と共に下町の平屋暮らしを続けていた。

炊事《すいじ》、洗濯《せんたく》、掃除《そうじ》――そのすべてを使用人任せだった私の毎日は、そのすべてが順調ではなかった。

腐《くさ》った野菜をうっかり買ってしまったり、火がよく通っていないお肉を食べてお腹《なか》を壊《こわ》したり、雑巾掛《ぞうきんが》けをした床《ゆか》が濡《ぬ》れていて転んでしまったり。

上手《うま》くいかないことばかりで、落ち込む日も多かった気がする。

ちなみに父は世渡《よわた》り上手で、毎日愛人の家を渡り歩き、お世話してもらいながら暮らしているらしい。

自分一人でも生きるのが大変な中、父の面倒《めんどう》を見ていたら心がくじけていただろう。

父の愛人達には心の中で感謝していた。

日常生活に慣れてくると、私は日銭《ひぜに》を稼《かせ》ぐことを始めた。

それは、慈善《じぜん》活動で覚えたお菓子《かし》を作って売ること。菓子店《てん》に委託《いたく》し、売れた金額が私の収入であった。

菓子店の店主は家が没落した私を気の毒に思い、委託金《いたくきん》は必要ないと言ってくれたのだ。

最初は売れなかったものの、お店の常連さんが買い占《し》めてくれるようになったらしい。その常連さんのおかげで、私は人並みの暮らしを送れるようになった。

これから先も、私は下町でお菓子を焼きつつ、家禽《かきん》のアヒルと共に静かに暮らしていくのだろう。

そう思っていた矢先、私は道ばたで薄紅色《うすべに》のスライムを拾った。

名前はプルルンといい、よく喋《しゃべ》る楽しい子だった。

どうやら飼い主とはぐれてしまったらしく、見つかるまでうちで預かっておくこととなった。

プルルンは洗濯や掃除、料理の手伝いもできる天才スライムだった。一緒にいると、一人で暮らす寂《さび》しさも少しだけなくなった。

プルルンには飼い主がいるから、ずっとこの生活が続くわけではない。

けれどもあと少しだけ、穏《おだ》やかな日々を送っていきたい。

なんて私のささやかな願いは叶《かな》わなかった。

父から〝ごめん〟とだけ書かれた手紙が届き、嫌《いや》な予感に襲《おそ》われる。

不安は的中した。

なんと父は豪商《ごうしょう》の妻とともに、駆《か》け落ちをしてしまったのだ。

下町の家には大勢の無頼漢《ぶらいかん》が押《お》し寄せ、二十万ゲルトにも及《およ》ぶ慰謝料が請求《せいきゅう》される。

それは持参金クラスの大金だったのだ。

私一人で払《はら》いきれるわけはなく、かと言って父親の所在も不明だ。

絶体絶命の中――救世主が現れる。

長く美しいパールホワイトの髪《かみ》を一つに結んだ、眼鏡をかけた二十歳《はたち》前後の見目麗《うるわ》しい青年、ガブリエルだ。

彼《かれ》は私を助けるために襲いくる無頼漢を倒《たお》してくれただけでなく、慰謝料である二十万ゲルトを立て替《か》えてくれた。

さらに、ガブリエルはスライムの名を冠《かん》する魔物《まもの》大公の一人で、プルルンのご主人様でもあったのだ。

騒動《そうどう》が落ち着くだけでなく、プルルンのご主人が見つかって、ホッとしたのも束《つか》の間《ま》のこと。

二十万ゲルトなんて、私が一生働いても完済できる金額ではない。

困り果てた私に、ガブリエルは思いがけない提案をする。

それは、彼の婚約者《こんやくしゃ》になることだった。なんでも、これまで何度も結婚の申し出を断られているらしい。

彼みたいに誠実で真面目、穏やかな男性がなぜ？　と思っていたら、ガブリエルはうんざりした表情で説明してくれた。

ガブリエルが治める領地はスプリヌと呼ばれる湖水地方にあり、一年中雨でジメジメしているようだ。それだけでなく、スライムが大量発生する土地でもあるらしい。

湖水地方へ足を運んだことは一度もないので、その土地についてどうこう思うことはない。

ただ、雨のたびに雨漏《あまも》りするこの家での暮らしに耐《た》えていたので、私にとっては問題ないような気がする。

駆け落ちした父が見つかるわけがないし、二十万ゲルトを稼ぐのも難しい。

私はすぐさま腹を括《くく》り、彼との婚約《こんやく》を受け入れた。


そんなわけで、私はガブリエルの婚約者として、湖水地方に下り立った。

妻ではなく婚約者である理由は、父が行方《ゆくえ》不明で承認《しょうにん》が得られなかったから。貴族に名を連ねる娘は、父親の許しがないと結婚できないのだ。

けれども父は発見され、ガブリエルとの結婚は許された。あとは、父が起こした事件のほとぼりが冷める頃《ころ》に結婚するばかりである。


夜会で再会した知人らは、私がスプリヌ地方を領するスライム大公と結婚することになった、と言うと驚《おどろ》く。

みんな、ここがどれだけ素敵《すてき》な土地なのか、知らないだけなのだろう。

人々が忌避《きひ》するというスプリヌの地は、霧《きり》のように降る雨が大地にレースのカーテンを下ろしたように見えてとても美しかった。

ガブリエルは一年中ジメジメしていると言うが、私は気にならない。

想像していた以上に住みやすい土地だったのだ。

そんなスプリヌ地方に暮らす者達は個性的な人ばかり。

明るく元気なガブリエルの母マリアに、三つ子の侍女《じじょ》、ニコ、ココ、リコ、美しき男装の家令コンスタンスなどなど。

領民も心優《こころやさ》しい人達ばかりで、穏やかな日々を送っている。

そんな湖水地方を、私だけでなく、ドラゴン大公であり王嗣《おうし》でもあるアクセル殿下や、グリゼルダ王女、セイレーン大公であるマグリット様も愛してくださっている。

スライム大公であるガブリエルの恥《はじ》にならないよう、これからも清く正しく真面目に生きようという覚悟《かくご》を胸に抱いたのだった。

第一章 ◆ 公爵令嬢フランセットは、結婚式の準備を進める！

季節は巡《めぐ》り――スプリヌ地方の木々は美しく紅葉しつつあった。

庭で散歩をするたびに王都にない植物を発見したり、渡《わた》り鳥《どり》の鳴き声を耳にしたり、と秋をしっかり堪能《たんのう》している。

ここでの暮らしは楽しくも穏やかで、幸せな日々がのんびり過ぎていった。

私が経営する菓子店〝湖水地方のアヒル堂〟は順調そのもので、最近雇《やと》う人を増やした。

従業員にお菓子作りの技術を継承《けいしょう》するだけでなく、信用できる者達に経理も任せるようになった。私がいなくても、成り立つような体制が整ってきたわけである。

ホッとしていたのも束の間のこと。

義母より、結婚式について話し合おうと話を持ちかけられた。

アクセル殿下が私とガブリエルの婚姻《こんいん》について国王陛下に許可を申請《しんせい》してくれただけでなく、行方不明だった父も見つかり、無事、結婚を受け入れてもらえたのだ。

私とガブリエルの間にあった妨《さまた》げはすべてなくなり、本格的に結婚準備に取りかかれるようになったわけである。

通常、結婚式の準備は実母が手伝ってくれるのだが、私の場合は義母が手を貸してくれるらしい。

もちろん、帝国にいる母からも手伝うという連絡《れんらく》があった。

けれども母を何度もここへ呼び寄せるのは申し訳ない、と思っていたので、義母の力を借りることに決めた。

それに関して、義母も気にしているようだった。

「フランセットさんのお母様から、わたくしが仕事を奪《うば》ったのではないか、と心配していましたの」

「母は以前、姉の結婚式の準備を手伝って、とても疲《つか》れたと話していましたので、非常に助かります」

「そうですの？　だったらよいのですが」

義母は実の母親ではないのに、深い愛情を持って接してくれる。感謝してもしきれないくらいだ。

「それはそうと、結婚式をするのは、本当にスプリヌ地方でよいのですか？」

「はい。スプリヌ地方以外の選択肢《せんたくし》は存在しませんでした」

ガブリエルは、私が生まれ住み慣れた王都でするほうがいいのではないか、と言ってくれた。豪華絢爛《ごうかけんらん》な結婚式用の会場もいくつかあるし、流行の華《はな》やかな演出も依頼《いらい》できる、と。

しかしながら、私の心はすでにスプリヌ地方にある。ここで大切な人や領民達に祝福されながら結婚式を挙げることこそ、最高の幸せなのだと胸を張って言えるのだ。

義母はことあるごとに、帝国にいる母や姉がスライム大公家と関係を深めることに対し、どう思っているのか、心配しているようだった。

「母や姉はお義母様に感謝しています。もちろん、私もです」

そんな言葉を伝えると、やっと義母は安堵《あんど》の表情を見せてくれた。

「それにしても、フランセットさんのお姉様が帝国の皇太子妃に選ばれるなんて、とても驚きましたわ」

「ええ……マエル殿下から婚約破棄されたときは、どうなることやら、と思っていたのですが」

その話題について口にすると、義母は途端《とたん》に気まずそうな表情を浮《う》かべる。

「ごめんなさい、フランセットさん。一応、ガブリエルから事情は聞いていたのですが」

事情、というのは姉がマエル殿下から婚約破棄された件だろう。実家について、義母とじっくり話をするのは、実を言えば今日が初めてだった。

それとなくお互《たが》いに、触《ふ》れてはいけない話題のように思っていたのかもしれない。

「もっと早く、こうしてお話しすべきでしたね」

「いえ、私のほうこそ、あまりご説明ができていない状況《じょうきょう》だったようで、申し訳ないです」

ここでの暮らしが落ち着いてから、ガブリエルから私の実家について、改めて詳《くわ》しい説明を受けていたらしい。

「ちなみにどの程度、お聞きになっていましたか？」

「それは――」

誰《だれ》もが知っている程度の情報であった。深い事情についてては把握《はあく》していなかった、と義母は打ち明ける。

「詳しく知りたい、と思わなかったのですか？　その、結婚したい相手の家柄《いえがら》が、相応《ふさわ》しいかどうか、気にならなかったのかな、と疑問に感じまして」

「気になりませんでした。だって、あの他人にまったく興味を示さないガブリエルが、フランセットさんのこととなったら珍《めずら》しく饒舌《じょうぜつ》になり、とてつもなくすばらしい女性なんだ、と強く訴《うった》えるものですから。こんなにもガブリエルが深く愛し、結婚させてほしいとわたくしに頭まで下げて連れてくるフランセットさんとの結婚を、家柄どうこうで反対なんかするわけがありませんわ」

むしろ、自分の娘のようにかわいがろう、という決意を胸に、私を迎《むか》えてくれたようだ。

義母は私に優《やさ》しく微笑《ほほえ》みかけ、手を優しく握《にぎ》りながら言った。

「わたくしもあなたに実際に会って、ガブリエルの言うとおり、すてきな女性だと思いました。あなたがどこの誰であろうと、本当の娘のように愛《いと》おしく思っていますわ」

その言葉を聞いて、涙《なみだ》がわっと溢《あふ》れてくる。

「ま、まあ！　どうしましたの？　わたくし、言葉を間違《まちが》えた？」

「いいえ、嬉《うれ》しくて……！」

そう伝えると、義母は私をそっと抱きしめてくれた。

優しくされたら、余計に涙が溢れてくる。

私はずっと、何もかも失って自分が何者でもなくなったときに、周囲の人達から嫌《きら》われるのを恐《おそ》れていた。

姉が婚約破棄されて、実家が没落した日のように。

「お義母様、あの日あった出来事を、詳しく話してもいいでしょうか？」

「辛い記憶《きおく》なのでしょう？」

「それでも、聞いてほしいです」

結婚式には母や姉がやってくるので、事情を知っていたほうがいいだろう。

落ち着きを取り戻《もど》してから、私は語り始める。

姉がマエル殿下に婚約破棄されたことから始まり、下町の平屋で暮らし始めたこと、家事に慣れずに失敗ばかりしていたこと、父が豪商の妻と駆け落ちしたこと、無頼漢から襲撃《しゅうげき》を受けたけれどガブリエルが助けてくれたことなど。

「――というわけでして」

話を聞き終えた義母は、涙をポロポロ流し始める。

「ひ、酷《ひど》いですわ。そんなことがあったなんて！　わたくしが婚約破棄された現場にいたら、すぐにでもフランセットさんを抱きしめに行ったのに！」

「お義母様……」

あの場で義母が私を庇《かば》い、守ってくれる様子を想像すると、胸が熱くなる。

当時の、惨《みじ》めでならなかった私が救われたような気がした。

「それにしても、ガブリエルったら、現場にいたのに、フランセットさんを助けなかったなんて！」

「あのとき、彼は具合を悪くしていたんです」

「血反吐《ちへど》を吐《は》いてでも、助けるべきでしたわ！」

義母はそう言うが、あのときガブリエルに助けられて婚約を結んでいたら、今の私はいなかった。きっと彼に依存《いそん》し、甘《あま》ったれた女になっていただろう。

「お義母様、私は苦難を乗り越えた今の自分自身を気に入っているんです。だから、あのとき彼に助けられなくてよかった、と思っております」

それに二年後、ガブリエルは私を助けてくれた。

「フランセットさんに手を差し伸《の》べるのが遅《おそ》い、としか言いようがないのですが」

「そんなことありませんわ」

下町での暮らしは、私にとって大きな課題だった。頑張《がんば》ったら頑張っただけ成果を得ることができたし、さまざまな問題も時間が解決してくれた。

「ただ、父の駆け落ち事件だけは、私がどんなに頑張っても、抗《あらが》えるものではありませんでしたから」

ガブリエルのおかげで、今、私は自分に自信を持って、彼の隣《となり》に立っている。それがどれだけ誇《ほこ》らしく、幸せなことなのか。言葉では言い表せない。

「今、私は満たされた中で暮らしているので、ガブリエルにも、お義母様にも、心から感謝しております」

「わたくしも、フランセットさんのおかげで、幸せですわ」

微笑み合ってほっこりしていたところで、義母がある懸念《けねん》を口にした。

「それはそうと、フランセットさんのお姉様の婚約破棄の件、よく問題になりませんでしたね」

「問題、と言うと？」

「フランセットさんのお母様は帝国の元皇女なのでしょう？　その娘達《むすめたち》に対する扱いが、あまりにもぞんざいだと思ったのです」

帝国との国際問題にもなりかねない、敬意や礼儀《れいぎ》に欠けた行為《こうい》だと義母は指摘《してき》する。

「大きな問題になる前に、母や姉が止めていたのかもしれません」

「帝国からの抗議《こうぎ》がないということは、そうなのでしょう」

場合によっては戦争になっていたかもしれない。あったかもしれない未来を想像しただけで、ゾッとしてしまう。

王家の結婚は感情どうこうで動かせるものではない。義務として、何があってもなしえなければならないのだろう。

マエル殿下は一時的な熱情で我を失い、婚約破棄してしまった。それがどれだけ罪深いことか、恋《こい》に浮かれてわかっていなかったのかもしれない。

その後、マエル殿下は廃太子《はいたいし》となり、現在は騎士《きし》の一人として国境で国を守る任務に就《つ》いているという。

「姉に婚約破棄を言い渡した件については、国王陛下はご存じなかったようで」

帝国との諍《いさか》いを避《さ》けるために、すぐさまマエル殿下の王位継承件を廃《はい》したのだろう。

現在、王位継承者《けいしょうしゃ》一位は第二王子のアクセル殿下となっている。

だが、アクセル殿下ですら、王太子ではなく、王嗣と名乗っている。

他の国の定義はわからないが、我《わ》が国《くに》で王太子といえば、国王の第一子のみが名乗れる特別な呼称《こしょう》なのだ。

そのような立場にいる者が、国の未来や他国との関係を顧《かえり》みず、感情だけで行動してしまうなんて、信じられない話だった。

「呆《あき》れたとしか言いようがありませんわ」

「ええ……」

マエル殿下はきっと、王太子としてこうあるべきだ、という姿を望まれ、息苦しく感じている部分もあったのだろう。姉も厳格な人物で禁欲的だった。

マエル殿下が愛した女性《ひと》は常識や慣習などにとらわれず、自分の思うとおりに振《ふ》る舞《ま》うような人物だったらしい。

姉とは真逆の性格なので、強く惹《ひ》かれたのかもしれない。

ちなみに姉の結婚式には参加する予定だったのだが、当日、スプリヌ地方が突然《とつぜん》の嵐《あらし》に見舞われ、行けなくなった。

申し訳ないことをしたと思いつつも、どこかホッとしている自分自身に気付いてしまう。

これまで何度も帝国に身を寄せるよう私を説得していた姉や母の手紙の返事を、切手を買うお金がなくて出していなかったのだ。

それにより、二人との再会をどこか気まずく思っていた。

お金がないと知られたら、無理矢理《むりやり》にでも帝国に連れて行かれていただろう。

下町での貧しい暮らしについては、母や姉は把握していなかったのだ。

手紙だって家に届くようにしておらず、局留めにしていた。

もちろん、再会を喜べなかった理由はそれだけではない。

帝国に行って皇太子妃になった立派な姉の妹として見られるのが怖《こわ》かった、という気持ちが大きかった。

姉が婚約破棄を宣言されてからというもの、私は周囲の目がどうしようもなく恐ろしく思えてならず、怖《お》じ気《け》づいていたのかもしれない。

これまで隠《かく》していた気持ちを、義母にすべてさらけ出した。

心の奥底《おくそこ》にあったモヤモヤとした感情が、話すことによって薄《うす》くなっていった気がする。

義母は何も言わず、優しく抱きしめてくれた。

「お義母様、申し訳ありません。話が長くなってしまいました」

「どうかお気になさらず。フランセットさんの深い事情を知ることができて、よかったです。ここに来るまでいろいろあったでしょうが、わたくし達はありのままのあなたを心から愛しております。それだけは、どうか忘れないでくださいね」

「はい……ありがとうございます」

心優しい義母が傍《そば》にいて、本当に幸せだと思ったのだった。

◇◇◇

義母より、まず、結婚式のテーマをガブリエルと考えるように、と助言を受ける。

結婚式のテーマとはいったい？　と思ったが、スプリヌ地方では何かひとつ、こだわって式を挙げるのがお決まりらしい。

義母の結婚式は〝薔薇《ばら》〟だったようで、会場を埋《う》め尽《つ》くすほどの薔薇の花と薔薇のドレスが用意されたのだとか。

湖水地方のアヒル堂で働く既婚者《きこんしゃ》にも、どのようなテーマで結婚式を挙げたのか聞いてみる。

チョコレートだったり、スミレの花だったり、火だったり、水だったり、規模は違《ちが》えども、皆《みな》、それぞれこだわりのある結婚式を計画していたようだ。

ガブリエルはまず、私の好きなものにしようと言ってくれた。

けれども、パッと思いついたものはガブリエルだった。

そのまま伝えたところ、彼は盛大《せいだい》に照れ、お返しとばかりに、「私だって、好きなものはフランです！」と言ってくれた。

その日の話し合いは、お互いに恥《は》ずかしくなっただけで終わってしまう。

数日もの間、ガブリエルと一緒に考えたのだが、いい着想は浮かばなかった。

このままでは何も決められない。意を決し、外に出てみよう、という流れになった。

ガブリエルと共に馬に跨《また》がり、紅葉が輝《かがや》く森の中を進んでいく。

「フランとの結婚を心待ちにしていたのですが、なかなか思いつかないものですね」

「ひとつに絞《しぼ》る、というのは難しいのかもしれないわ」

手綱《たづな》に変化したプルルンが、『プルルンというテーマはどう~?』と提案してくれる。

「プルルンがテーマ、ですか。会場中が薄紅色の品物で揃《そろ》えられて――」

『フラのドレスは、プルルンにする?』

「プルルン、それはちょっとどうかと思います」

『なんでー?』

このまま思いつかなかったら、結婚式のテーマはプルルンでいいような気がしてならない。

私とガブリエルのご縁《えん》を繋《つな》いでくれたのは、プルルンだったし。

「私はプルルンでもいいと思うわ」

「フラン、結婚は一生に一度なんです。じっくり考えましょう」

『ガブリエルー、〝りこん〟したら、〝けっこん〟は、なんどでも、できるよお』

「プルルン!! なんてことを言うのですか!!」

『ほんとのことー』

「本当のことでも、口に出してはいけないものはたくさんあるんですよ」

『〝きんく〟ってやつー？』

「いえ、禁句レベルではないのですが」

『うーん、むずかしー』

プルルンはさほど気にする様子もなく、のほほんとしていた。

その一方、ガブリエルは気が気でない様子だった。

「まったく！　そういう言葉をどこで覚えてくるのやら」

『ひみつー』

「でしょうね!!」

相変わらず、プルルンとガブリエルの会話は面白《おもしろ》い。思わずくすくすと笑ってしまう。

「プルルンのせいで、フランに笑われました」

『ガブリエルが、おもしろいんだよお』

「あなたが変なことを言うから、笑われてしまうのですよ」

笑いすぎて涙まで出てしまったので、それくらいにしてほしい。


目的地に向かう途中《とちゅう》に、家禽を飼育する施設《しせつ》がある。

「フラン、養禽場《ようきんじょう》に立ち寄ってもいいですか？」

「ええ、もちろんよ」

養禽場は肉と卵を得るためにアヒルを育てている。さらにここには家禽騎士《かきんきし》というアヒル達

の世話をし、スライムなどから守る者が配備されているのだ。

アヒルを守る騎士というのは世界的に珍しいようで、観光客の多くが見学を望んだ。

そのため、家禽騎士がアヒルの飼育方法や生態を紹介《しょうかい》して回るツアーも最近始まったのだ。

家禽騎士達《たち》は今日も忙《いそが》しそうに、あちこち走り回っていた。

その中の一人が、私達に気付く。

「あ、領主様とフランセット様、ようこそお出でくださいました」

「忙しい時間にすみません」

「いえいえ！　いつでも歓迎《かんげい》ですよ！」

今日は一日に三回もツアーが組まれているようで、その準備に追われているらしい。

「観光客のみなさんに楽しんでいただけるよう、さまざまな企画《きかく》を考えているんです。形になってきたら、ご報告しますね」

「ええ、楽しみにしています」

家禽騎士はぺこりと会釈《えしゃく》し、走り去っていった。

「ここの施設は観光客から評判がいいようで、ありがたい限りです」

「本当に。今度、お菓子を差し入れなければならないわね」

他にも、家禽騎士にはアヒルのアレクサンドリーヌがお世話になっている。何か感謝の意を示せたらいいのだが。時間があるときに考えてみよう。

続いて馬に乗って向かった先は、スプリヌ地方の唯一《ゆいいつ》の村である〝シャグラン〟。少し前まで空き家が目立ち、廃《すた》れた印象の村だったが、今はどこもかしこも人がたくさんいて、活気に溢れている。

王都からの観光客も増えており、今日も湖水地方のアヒル堂の店舗《てんぽ》前にはお菓子を求める人々の行列ができていた。

道行く子ども達がガブリエルを見つけ、笑《え》みを浮かべて駆け寄ってきた。

「あ、領主サマだ！」

「フランセットサマもいるぞ！」

あっという間に子ども達に囲まれてしまう。少し前まで遠巻きにされていたのに、今はこんなにも懐《なつ》いてくれたのだ。

子ども達は瞳《ひとみ》をキラキラ輝かせながら、最近あった出来事を教えてくれる。

「お客さんに道案内したら、いい子だって褒《ほ》めてもらえたんだ！」

「おれも！」

「うちのお母さん、人がいっぱい来て、忙しいけど嬉しいって話していたよ」

観光客が増えた結果、領民の暮らしにも大きな変化がもたらされる。

もしかしたら負担がかかっているのではないか、と心配していたが、問題ないようでホッと胸をなで下ろす。

「仕事があるから、王都に行った兄ちゃんが戻ってきたんだよ」

「わたしの家は、お父さんが帰ってきたの！　とっても嬉しい！」

王都へ出稼《でかせ》ぎに行っていた領民も、次々と戻ってきているらしい。

ちらりとガブリエルの横顔を見ると、少し泣きそうな顔で子ども達の話を聞いていた。

子ども達は次々と話しかけてきたが、近くを通りかかったパン工房《こうぼう》のおかみさんが声をかけてくる。

「あんた達はまた、そうやって領主様とフランセット様を取り囲んで！」

注意を受けた子ども達は、楽しげな様子で「わー！」と悲鳴をあげ、蜘蛛《くも》の子を散らすように逃《に》げていく。

子ども達を先導するように前を走っていたのはプルルンだった。皆、「プルルンだ！」と言って、嬉しそうにあとを追いかけている。

プルルンは村の子ども達に大人気で、シャグランを訪《おとず》れるたびにあやって遊んでいるようだ。一度、プルルンに「ねえ、プルルン。子ども達と遊んだら？」と勧《すす》めてからというもの、すっかり仲良くなっているのだ。

プルルンのおかげで、テイムされたスライムに対する領民の恐怖心《きょうふしん》も薄れているらしい。以前はプルルンを連れたガブリエルが怖がられていた、という話が信じられないくらいだ。

きっと、ガブリエルが頻繁《ひんぱん》に村に通うようになったので、印象が大きく変わったのだろう。

パン工房のおかみさんは子ども達に呆れたような視線を向けたあと、申し訳なさそうに頭を下げる。

「領主様、フランセット様、いつも子ども達がご迷惑《めいわく》をかけて、すみませんねえ」

「いいえ、構いません。彼らの話を聞くのは、とても楽しいので」

ガブリエルの言葉に、深々と頷《うなず》く。子ども達の話を通して、領民達の考えや思いを知ることができるのだ。正直に言うと、領民達が話したがらない本心を聞くことができるので、ありがたいと感じるくらいである。

「今日は団体の観光客を初めて受け入れる日なので、みんなバタバタしているかもしれませんが、ゆっくりお過ごしくださいね」

「ありがとうございます」

パン工房のおかみさんは配達の帰りだったらしく、そそくさと去って行った。

「ガブリエル、今日が団体受け入れの日だったのね」

「そうなんです」

これまで、スプリヌ地方への旅行者は個人客のみだった。

しかしながら、王都の旅行会社がスプリヌ地方での団体旅行を企画したいと言ってきたようで、今日、実現したらしい。

「ねえ、ガブリエル、見て！　スライム製品のお店に行列ができているわ！」

「本当ですね」

ガブリエルが開発したスライムを利用した品物を販売《はんばい》するお店が、先日オープンした。

撥水性《はっすいせい》のある服や、防水手袋《てぶくろ》、防塵《ぼうじん》ブーツに傘《かさ》など、工房で職人達が丁寧《ていねい》に仕上げた品々が、所狭《ところせま》しと並んでいるのだ。

企画を立ち上げた当初は、領民でさえも売れるか心配していたという。

けれども、王都でアクセル殿下がスライムを加工した服を着用していると話題になると、問い合わせが各地から次々と届いた。

ガブリエルが記者のインタビューに答え、それが記事になった途端、購入《こうにゅう》したいと望む声が殺到《さっとう》する。

それをきっかけにお店の計画はとんとん拍子《ひょうし》に進み、先日ついにオープンを迎えたわけだ。

人気商品はすでに完売し、半年先まで予約が埋まっている状態だと小耳に挟《はさ》んでいる。職人達は大忙《おおいそが》しでスライムを加工する毎日らしい。

「これまで討伐《とうばつ》したスライムの大半は燃やして処分していたんです。少し前まで燃料費に頭を痛めるくらいだったのに、今はすべてのスライムを商品化しているなんて、信じられません」

「ガブリエルの才能のおかげね」

「いいえ、違います。長年、スライムを加工した品物は気持ち悪がられていたんです。それでも、領民の暮らしをよくするために、使うよう強制していたくらいで」

これまで領民が使っていたのは、スライムを塗《ぬ》って防水加工したレンガと、撥水性のある服のみだった。けれども今は、領民達は忌避することなくスライムを加工した品物を使っているらしい。

「アクセル殿下が使ってくださった影響《えいきょう》もあったわね」

「たしかにそれも、理由のひとつかもしれません。けれども、スライムを使った品に自信が持てるようになったのは、フラン、あなたのおかげなんです」

ガブリエルは私の手を握り、真剣《しんけん》な眼差《まなざ》しで訴えてくる。

「わ、私⁉」

「ええ。あなたが認めてくれたおかげで、アクセル殿下の前でスライムレンズについて、説明することができたのですよ」

そういえば、と思い出す。

以前、アクセル殿下がいきなり訪問してきたとき、ガブリエルは義母に突《つ》き飛ばされ、眼鏡を壊してしまった。そのさいに予備の眼鏡をかけていたのだが、その変化にアクセル殿下がいち早く気付いたのだ。そのタイミングで、ガブリエルは普段《ふだん》かけているのはスライムレンズを使用した特殊《とくしゅ》な眼鏡だ、とスラスラ述べたのだ。

それが、アクセル殿下がスライムを使った製品を知るきっかけになり、ガブリエルはいろいろと研究の成果を紹介したらしい。後日、取引をしたいという申し出を受け、ガブリエルは試作品を無償《むしょう》で提供したのだ。

「フランが私の研究を褒めてくれなかったら、恥ずかしくて言えなかったでしょう」

「そう、よかったわ」

ガブリエルが長年行っていた研究は、誰にも認められることなく、ひっそり存在していた。

ずっともったいないと強く思っていたのだ。

それを思うと、今、皆がガブリエルの発明した物を求めて長蛇《ちょうだ》の列ができているという状況がどうしようもなく嬉しくなる。

感極《かんきわ》まってしまい、眦《まなじり》から熱いものがこみ上げてきた。

「――フラン、泣いているのですか？」

「だって、みんながガブリエルの考えた品物を求めてくれるから、感激してしまって」

「ええ、本当に」

ガブリエルは私をそっと抱き寄せ、涙を拭《ぬぐ》ってくれる。

彼の優しさが嬉しくて、涙が余計に溢れてしまったのは言うまでもない。


落ち着きを取り戻したあと、さらに村の様子を見て回る。

現在、シャグランに空き家はなく、新しい建物の建築が始まっているくらいだった。

もっとも新しい建物は、スプリヌ産の陶石《とうせき》を使って作る高級磁器《じき》だ。

湖水地方のアヒル堂で作られたボンボニエールが有名になり、国中に知れ渡った結果、購入したいという声が高まり、ついに店舗での販売が開始された。

お店で働く従業員は、陶器《とうき》を作る職人達の家族が中心となっている。皆、活《い》き活きとした表情で接客していた。

ガブリエルと契約《けいやく》を交《か》わした陶石スライムは今も工房で活躍《かつやく》し、職人達とも仲良く過ごしている。

スプリヌ産の磁器は品質がいいと評判で、王宮での晩餐会《ばんさんかい》にも使いたいという、王族からの声も届き、実際に納品された。

そのため、お店の看板には、王室御用達《ロイヤル・ワラント》の文字が輝いている。

基本的に、スプリヌ地方で作られる品々の大半は地産地消としている。

一時期は王都に売りに出したらいいなんてアイデアもあったが、他の店とライバル関係にならないよう、スプリヌ地方に限定して販売しよう、とガブリエルと話し合ったのだ。

その結果、多くの人々がスプリヌ地方にしか売っていない品を求めてやってきた。

領民の多くが王都に仕事を求めて出稼ぎに行ったり、空き家が目立っていたりした、少し前のシャグランとは大違《おおちが》いである。

そんな村の様子を眺《なが》めていたら、ピンと思いつく。

「ガブリエル、そうだわ！　結婚式は、領民達《たち》をテーマにするのはどう？」

「領民達、ですか？」

「ええ。普段の感謝を込《こ》めて、結婚式に招くの！」

「なるほど。皆に楽しんでもらえる、パーティーみたいな結婚式にする、というわけですね」

「そうよ」

「なるほど。我々に相応しい、すばらしい結婚式のテーマかと」

不透明《ふとうめい》だった結婚式の方向性がバシッと決まったような気がする。

「フラン、具体的には何をするのですか？」

「そうね……おいしいお料理を振《ふ》る舞《ま》って、子ども達が楽しめる宝探しみたいな催《もよお》しをして。アヒルレースをするのも楽しいと思うわ」

「いいですね」

さっそく、シャグランの村長に計画を伝えに行ってくれると言う。私も行きたかったのだが、用事があったのだ。

「私はこれからモリエール夫人をお迎えに行くわ。村長様によろしくお伝えいただけるかしら?」

「ええ、わかりました」

ジュリエッタ・ド・モリエール——ガブリエルの叔母《おば》で、以前、王都にいたときに、花嫁《はなよめ》道具の一式を買う手伝いをしてくれた心優しい女性だ。

とりあえず一足先に家に帰るよう、ガブリエルが屋敷《やしき》まで転移魔《ま》法《ほう》をかけてくれると言う。

「では、フラン、のちほど」

「ええ」

ガブリエルが魔法をかけようとした瞬間《しゅんかん》、遠くから声が聞こえた。

『フラ——! プルルンも、いっしょに、かえるう!』

子ども達と遊んで泥《どろ》んこになっていたプルルンだったが、ガブリエルの水魔《みずま》法《ほう》によって洗浄《せんじょう》される。ぷるぷると水を払ってから、私の胸に飛びこんできた。

『フラ、かえろ!』

「プルルン、あなたのご主人様は私なのですよ」

『そうだったっけ？』

「あなたというスライムは！」

『えへへ、てれるう～』

「褒めていませんから！」

ガブリエルは盛大なため息を吐いたあと、私とプルルンを屋敷まで送ってくれた。

一瞬《いっしゅん》にして、景色が入れ替わり、私室に下り立ったのだった。

そこには、部屋の掃除《そうじ》をしていた三つ子の侍女、ニコ、リコ、ココがいた。

「フランセット様、お帰りなさいませ！」

「ニコ、ただいま」

いつも明るいのがニコである。クールな様子で会釈する、眼鏡をかけた侍女がリコ。そして少し控え目《ひかめ》な様子で微笑んでいるのがココだ。

リコが一歩前に出て、耳打ちしてくれた。

「フランセット様、モリエール夫人がいらしています」

「あら、もういらっしゃったの⁉」

「早めに到着《とうちゃく》したようで」

王都を行き来するワイバーンが増えた影響で、一本早い便でやってきたらしい。

義母と話が盛り上がっているようなので、そこまで急がなくてもいいのではないか、とリコが教えてくれた。

外出用のドレスから、訪問客をもてなすティー・ドレスに着替《きが》える。化粧《けしょう》も整えてもらい、髪《かみ》も結《ゆ》い直してもらった。

身なりが整ったので、モリエール夫人がいる客間へと向かった。

「お久しぶりでございます、モリエール夫人」

「あら、フランセットさん！　お元気そうで何よりだわ」

「モリエール夫人もご健康でいらっしゃるようで、何よりです」

「ふふ、かしこまった挨拶《あいさつ》はいらないわ。わたくし達、家族じゃない」

モリエール夫人はそう言って、私をめいっぱい抱きしめてくれる。

温《ぬく》もりに触れていると、胸がじんわりと温かくなった。

いつまでも離《はな》れようとしないので、義母が声をかけてくれる。

「ジュリエッタ、いつまでも抱きしめていたら、フランセットさんが困ってしまいますわ」

「そ、そうね。久しぶりで、感激してしまって」

モリエール夫人は私から離れると、ひまわりみたいな晴れやかな表情で顔を覗《のぞ》き込んでくる。

相変わらず、一緒《いっしょ》にいると自然と元気になってしまう不思議なお方だ。

あとからプルルンも入ってきて、モリエール夫人に挨拶する。

『あー、ジュリだー』

「まあ、プルルン……ではなくて、プルルンね！」

『そう、せいかーい！』

プルルンもモリエール夫人との再会を喜ぶ。プルルンから『なにしにきたの～？』と問いかけられたモリエール夫人は、本来の目的を思い出したようで、ハッとなった。

「そうそう！　約束していたドレスを運んできたの！」

モリエール夫人は「ご覧になって！」と言いながら、トルソーに着せたドレスを紹介してくれた。

それは以前、花嫁道具の一式を購入するさいにオーダーした、花嫁衣装《はなよめいしょう》である。

艶《つや》のある純白のドレスは、装飾《そうしょく》が一切《いっさい》ないのに美しい。

「フランセットさん、いかがかしら？」

「とってもきれいです」

実在しているのかと疑問に思うくらい儚《はかな》く、一度目にしただけで心を奪われてしまう。感激のあまり、涙がじんわり滲《にじ》み出てきた。

「モリエール夫人、ありがとうございます」

「ふふ、わたくしは王都から運んできただけよ」

そんなことはない。

当時、私は急遽《きゅうきょ》決まった結婚《けっこん》だから、婚礼衣装《こんれいいしょう》も既製品《きせいひん》でいいと遠慮《えんりょ》していた。

けれどもモリエール夫人は「だめよ！」と言って私の意見を却下《きゃっか》し、オーダーすると主張したのだ。

結果、世界でただひとつの、私だけのドレスが目の前にある。それがどれだけ幸せなことか、胸がいっぱいになって、涙となって溢れてきたようだ。

義母とモリエール夫人は私の気持ちを汲《く》んでくれたのか、優しい表情で見守ってくれる。

ただ、感激してばかりではいられない。

なぜかと言えば、この婚礼衣装に一工夫《ひとくふう》が必要だからだ。

わが国に伝わる伝統で、花嫁衣装には家族と協力し、装飾を施《ほどこ》さないといけないのだ。

通常は、結婚式のテーマに沿った刺繍《ししゅう》や飾《かざ》りを付けることが多い。

「フランセットさん、結婚式のテーマは決まっているの？」

「はい！　先ほど決まったんです」

「まあ、何かしら？」

「やっと決まったのですね」

「ええ」

義母とモリエール夫人に発表する。

「結婚式のテーマは、〝領民〟です。スプリヌ地方を守《も》り立ててくれる彼《かれ》らを結婚式に招待し、楽しんでもらおうと、ガブリエルと一緒に考えました」

「あら、素敵《すてき》ですね！」

「本当に。スライム大公家らしい、すばらしいテーマだわ！」

二人に受け入れてもらえて、ホッと胸をなで下ろす。

実を言えば、内心ドキドキだったのだ。

モリエール夫人と手を繋いで喜んでいたら、義母から注意される。

「喜んでいる暇《ひま》はありませんよ。結婚式《けっこんしき》のお土産《みやげ》や、ドレスの装飾についても考えなければいけませんし」

「そうでした」

結婚式のお土産は、スプリヌ地方の定番であるボンボニエールがいいと思いつつ、他の物でもいいのではないか、とも考えている。これについては、もう一度考え直さなければ。

「フランセットさん、ドレスの装飾に何かアイデアはあって？」

「えーっと、どうしましょう。領民との繋がり、みたいなものを表現できたらいいな、と考えていたのですが」

ざっくりと考えただけで、実際にどのような装飾を施すかは思いついていない。

お二人から何かアイデアを頂戴《ちょうだい》できたら、と言おうとした瞬間、モリエール夫人がぽん！と手を打つ。

「繋がりと聞いて思いついたわ。真珠《しんじゅ》を施すのはいかが？」

装飾用の真珠を購入し、ひとつひとつ糸に通してドレスに飾る。

「真珠の一粒《つぶ》一粒が、領民達を表現している、というわけですね？」

「ええ、そうなの！　いかがかしら？」

「とってもすてきだと思います！」

義母もいい考えだ、と賛同してくれた。

「よかった」

「ジュリエッタ、あなた、よく思いつきましたね」

「あら、お姉様はお忘れになったの？　わたくしと真珠のドレスを作ろうと話していたことを」

「そんな話……していましたね！」

なんでも義母とモリエール夫人は幼少時代、結婚式にお揃いの真珠のドレスを作ろう、と話していたらしい。

けれども結局、モリエール夫人が故郷を離れることになった結果、仲違《なかたが》いしてしまった。

「わたくしが婚約《こんやく》を結んだのは、お姉様よりも早かったの。だから、真珠のドレスは一着も完成することなく、今に至っていたわけ」

モリエール夫人は、真珠のドレスがいつまでも心残りだったらしい。

「そうだったわ。わたくしも、ジュリエッタと真珠のドレスを作るのを、楽しみにしていたのに、今日まで忘れていたなんて」

「わたくし、嫁《とつ》ぎ先《さき》にまで、お姉様と描《えが》いたデザイン画を持っていったのよ」

「そうでしたの？」

「ええ。捨てられたら困るから、必死だったの。でも、結婚式を挙げるときは忙しさのあまり忘れていて、お互《たが》い様《さま》だったわけだけど」

どんなドレスだったか、義母とモリエール夫人は今でも思い出せるらしい。楽しげな様子で、デザイン画を再現していた。

「こうやって、ドレスに真珠のショルダーネックレスを合わせるの」

「ティアラにも付けていたかしら？」

「ええ。ベールにも、星空みたいに真珠を散らすのよ」

「そうだったわ」

あっという間に、真珠をあしらったドレスのデザイン画が完成していく。

信じられないくらいすてきで美しい仕上がりになりそうだ。

「フランセットさんは、何かやりたいことがありますか？」

「なんでも言ってちょうだい」

「いいえ、私は、このドレスをまとって結婚式を迎えたいです」

そう答えると、義母とモリエール夫人は安堵《あんど》したように微笑んだのだった。

方向性がしっかり固まったので、今度はどの真珠を使うか、という話し合いをする。

「真珠と言えば、オーガ領のオーロラ真珠が有名ですわね」

「お姉様、わたくしもちょうど、オーロラ真珠を考えていたところだったわ」

なんでもオーガ領の真珠は世界的にも有名らしい。そういえば、以前、魔物《まもの》大公の集まりで出会ったオーガ大公であるエミリーは、真珠の髪飾《かみかざ》りや、真珠があしらわれたドレスをまとっていた。

孔雀《くじやく》の羽根を思わせる、極彩色《ごくさいしき》の照りがすばらしい真珠で、眩《まばゆ》い輝きを放っていたのを思い出す。

あれがきっと、オーロラ真珠だったのだろう。

「オーロラ真珠、いいですね」

「でも、残念なことに、昔よりも入手しにくくなっているようで」

「お姉様、わたくしもそんな噂話《うわさばなし》を小耳に挟みました」

オーロラ真珠は天然物ではなく、特殊な技術で作られた養殖真珠《ようしょくしんじゅ》らしい。

それでも、天然物に勝る美しさだと評判で、高値で取り引きされているようだ。

ただ、近年はあまり流通していないという。

「私、オーガ大公のエミリー様とは、文通をする仲なんです。一度、彼女《かのじょ》にオーロラ真珠を販売してもらえるか、聞いてみますね」

心配なのは、価格である。希少性が高まっているとしたら、かなり高価だろう。

「フランセットさん、金額は気にしなくてもよくってよ」

「せっかくの結婚式なのだから、もしも予算が足りない場合は、うちの夫にも支援《しえん》を頼《たの》むから」

「お二人とも、ありがとうございます」

そんなわけで、さっそくエミリーへ手紙を出すこととなった。

その日の晩、ドレスについて決まったことをガブリエルに報告する。

「領民との繋がりをイメージした、真珠のドレス――すばらしいですね」

「ええ。お義母様とモリエール夫人のおかげで、世界一のドレスになりそうだわ」

ただ、問題なのはオーロラ真珠である。

「ここ最近、ほとんど流通していないようで、購入できるのかわからない状況《じょうきょう》みたい」

「オーガ大公領のオーロラ真珠ですか。たしか、数年前の魔物大公会議でも、問題になっていました」

それはエミリーがオーガ大公になる前の話だったらしい。

「その年から、急激にオーガ大公領のオーロラ真珠の販売量《はんばいりょう》が少なくなったらしく、他の大公達から何かあったのかと話題に上がっていました」

当時、オーガ大公の座は空席だったため、返答を聞くことはできなかったらしい。

「それから数年経《た》ち、現在のオーガ大公が魔物大公の座に就いたころには、皆、すっかり忘れていまして」

そのため、オーロラ真珠がどうなったか、知る者はいないという。

「現在も流通はしていないようなので、もしかしたら購入できないかもしれません」

「覚悟《かくご》しておくわ」

もしもオーロラ真珠が入手できずとも、他の真珠を使えばいいだけの話である。

さほど大きな問題ではない、とこのときの私は考えていた。

話題は変わり、ガブリエルがシャグランの村長と話したことを報告してくれた。

「結婚式のテーマをお伝えしたところ、当日は露店などを開いて、お祭りのようなものを開催《かいさい》したい、という提案を受けました」

「あら、すてきじゃない。私達の結婚式に合わせて、楽しい行事をしてくれるなんて」

結婚式当日は、大変な賑《にぎ》わいになりそうだ。

きっと大人だけでなく、子ども達も楽しんでくれることだろう。

「結婚式がとても楽しみだわ」

「私もです」

会話が途切《とぎ》れたあと、にっこり微笑《ほほえ》みかけると、ガブリエルが抱《だ》きしめてくれる。

以前までは一日一回、こうして抱き合おうと決めていた。たまに、ガブリエルが恥ずかしがってなかなかできない日もあったが、今はこうして自然に抱擁《ほうよう》を交わせるようになった。

婚約当初はぎこちなく、また気まずく感じる瞬間もあったものの、今はこうして触《ふ》れ合う時間は幸せでしかない。

ようやく結婚式を挙げられるのだ、と思うと、よりいっそう嬉《うれ》しくなった。

「ガブリエル、絶対に忘れられない結婚式にしましょうね」

「もちろん、そのつもりです」

決意を胸に、満たされた時間を過ごしたのだった。

◇◇◇

モリエール夫人がやってきて二日目。

スライム大公家の庭に、今が旬《しゅん》の栗《くり》の木があるというので、モリエール夫人の案内で向かうこととなった。

「フランセットさん、こっちですわ～」

「は、はい！」

もはや森と言ってもいいのではないか、と思うくらい自然豊かで広いスライム大公家の庭を、モリエール夫人はさくさく進んでいく。

遅《おく》れていたら、プルルンが心配そうに顔を覗き込んできた。

『フラ、へいき？』

「ええ、まだ大丈夫《だいじょうぶ》」

そこから歩くこと十分ほどで、栗の木がある場所に到着した。

「ここがそうよ！」

目の前にはたくさんの栗の木があり、地面にはイガに包まれた栗が落ちていた。

「栗はね、木に生っているものではなく、地面に落ちているのを拾うのだけれど――あ！」

「どうかなさったのですか？」

「栗のイガは、毎回庭師が取ってくれていましたの」

なんでも器用に足で踏《ふ》んで、イガを外してくれたらしい。

「でしたら、私がやってみます」

「靴《くつ》にイガが刺《さ》さって、危険ですわ」

どうしたものか……と困っていたら、プルルンが挙手する。

『プルルンに、まかせてえ』

そう言うと、プルルンは近くにあった栗をイガごと口に含《ふく》む。

数回、その場で跳《と》びはねたあと、先にイガを吐《は》き、そのあと栗も出してくれた。

「プルルン、あなた、すごい！」

『ふふ～ん！』

モリエール夫人が褒めると、プルルンは誇《ほこ》らしげな様子でいる。

「プルルン、あっちにもたくさんありますわ！」

『おまかせあれ～』

あっという間に、かごいっぱいの栗が採れた。

「モリエール夫人、この栗はどうやって召《め》し上がっていたのですか？」

スプリヌ地方に伝わるお菓子《かし》があると聞いたのだが、予想外の食べ方を紹介してもらった。

「これはね、焚《た》き火《び》に入れて、焼き栗《ぐり》にしますの！」

焼きたてほかほかの栗はとてもおいしいらしい。今日、その味を再現したいと言う。

「でしたら、庭師の手を借りて、作ってみましょう」

「ええ！」

モリエール夫人の指示で、焚き火の用意が始まった。

焼き栗用の火は薪《まき》では熾《おこ》さないらしい。火の魔石《ませき》を使い、栗が焦《こ》げないような火を用意するのだとか。

火が用意できたら、栗を焼き始めるのだが――。

「さあ、栗を火に入れましょうか」

「モ、モリエール夫人！　そのままでは、栗が爆発《ばくはつ》してしまいますよ」

「あら、そうですの？」

庭師達もこくこく頷いている。

なんでも焼き栗はナイフで切れ目を入れてから焼くらしい。その作業を手伝う。

切れ目は渋皮《しぶかわ》までしっかり入れるのがポイントのようだ。

モリエール夫人は普段、料理をしないようなので、見守っていただいた。

栗の下ごしらえが済んでから、焼きの工程に移る。

魔石で熾した火に栗を入れ、待つこと三十分。

焼き栗の完成だ。

手袋を嵌《は》めた庭師が、栗の殻《から》を割ってくれた。美しい黄色の実をいただく。

「――あ、甘《あま》い！」

「ふふ、でしょう？」

栗の実はほくほくで、驚《おどろ》くほど甘い。

じっくり焼くことによって、甘みが増しているのだろう。

モリエール夫人も久しぶりに食べ、感激していた。

「ずっと、これを食べたくて！　フランセットさんのおかげで、夢が叶《かな》いましたわ」

「私は特に何もしていないのですが」

「でも私から、庭にある栗の話を引き出してくれたでしょう？　わたくしはずっと忘れていたから、フランセットさんのお手柄《てがら》ですわ」

「そのように言っていただけて、その、光栄です」

途中で、庭を散歩していたという義母もやってくる。

「あなた達はそんなところで、何をなさっているのですか？」

「お姉様、久しぶりに焼き栗をしていたんです」

「まあ！」

モリエール夫人は義母に焼き栗を差しだそうとしていたが、途中で動きをピタリと止める。

「そういえば、お姉様はいつも、いらないとおっしゃっていましたね」

「それは、ドレスが煤《すす》だらけになって、侍女《じじょ》から怒《おこ》られるので、食べなかっただけです」

「そうでしたの。わたくしも乳母《うば》にダメだって言われていたけれど、理由を言ってくれないからこっそり庭師に頼んで、作ってもらっていました」

モリエール夫人のお転婆《てんば》な過去に、義母はため息を零《こぼ》す。

「あなたはいいですね、お気楽で」

「本当にそう思いますわ。お姉様はスライム大公家の長子だから、いろいろ我慢《がまん》をされていたのですわね」

「ええ。でも、もうそれも必要ありませんので」

そう言って、義母は淡《あわ》く微笑みながら手を差し出す。

「ジュリエッタ、焼き栗をひとつ、わたくしにもいただける？」

「もちろん！」

モリエール夫人は嬉しそうに、焼き栗を渡《わた》していた。

初めて焼き栗を食べた義母は、驚いた表情を見せる。

「ただ焼いただけの栗が、こんなにもおいしいのですね！」

「ええ、そうですの」

「あなたが乳母に禁止されていても、食べたいと言うはずですね」

義母とモリエール夫人は昔話に花を咲《さ》かせる。その様子を、私は微笑ましい気持ちで眺めていたのだった。

◇◇◇

エミリーへ手紙を出してから数日後――返事が届く。

銀の盆《ぼん》に載《の》せて運んでくれたのは、家令のコンスタンスだった。

「フランセット様、オーガ大公からのお手紙です」

「ありがとう」

有能な彼女はペーパーナイフと返信用の封筒《ふうとう》や便箋《びんせん》までも用意してくれた。

そんなコンスタンスは恭《うやうや》しく一礼すると、部屋から去っていく。

エミリーからの手紙を開封《かいふう》し、便箋を手に取る。

そこに書かれていたのは非常に残念な結果だった。

ガブリエルが話していたとおり、現在、オーガ大公領のオーロラ真珠は販売停止状態らしい。

その理由についても書かれていた。

なんでもオーロラ真珠を養殖《ようしょく》していた湖が汚染《おせん》され、真珠が育たなくなったようだ。

ここ数年、湖の浄化《じょうか》に努めていたようだが上手《うま》くいかず、八方ふさがりの状態なのだとか。

オーロラ真珠の生産を任されていたのは、エミリーの伯父《おじ》だったらしい。

その伯父ですら、原因はわからないと言っているそうだ。

さらに彼女の伯父は、その事実を隠《かく》したがっているという。なんでも、一族の恥《はじ》だから、とのこと。

一方、次代のオーガ大公であるエミリーは逆で、どんどん公表して、外から新しい解決策を得たいと考えているようだ。

ただ、現状、上手くいっていないようで、オーロラ真珠は入手できないという。

がっくりと肩《かた》を落としてしまう。

義母やガブリエルにも報告したが、皆《みな》、残念そうだった。

真珠はこの世界にたくさん存在する。別にオーロラ真珠でなくても、すてきな婚礼衣装は作れるはずだ。

なんて、このときの私は考えていたのだが……。


その後、王都から宝石商がやってきて、さまざまな種類の真珠を見せてもらう。

紹介《しょうかい》されるのは厳選された真珠のようで、自慢《じまん》のひと品ばかりだった。

けれども、どの真珠も私の記憶《きおく》にあるオーロラ真珠に勝ることはない。

同席した義母も同じ考えだったようで、なかなか首を縦に振《ふ》らなかった。

それから数名の宝石商を呼び寄せ、真珠を見るも、どれもピンとこない。

心の中では、日に日にオーロラ真珠で作った婚礼衣装が存在感を増していった。

宝石商から別の宝飾品《ほうしょくひん》を購入し、帰らせたあと、義母に本心を打ち明ける。

「お義母様、やはり、オーロラ真珠で婚礼衣装を仕上げることをイメージしていたからか、他の真珠を見てもこれだ、と思えなくて」

「奇遇《きぐう》ですわね、フランセットさん。わたくしも同意します」

ただ、オーロラ真珠は入手できない。

どこかで折り合いを付けないといけないのに、妥協《だきょう》できない自分がいるのだ。

盛大《せいだい》なため息が零れる。どうしたものか、と途方《とほう》にくれている私のもとへ、エミリーからスプリヌ地方を訪問したい旨《むね》の手紙が届く。

もちろん喜んで、と返信したのだった。

あっという間に、エミリーがやってくる日となる。

ガブリエルや義母と共に、彼女を迎《むか》えた。

魔物大公がこの地へやってくるのは、ドラゴン大公であるアクセル殿下《でんか》、セイレーン大公であるマグリット様に続いて、三人目である。

いくら文通友達とはいえ、オーガ大公であるエミリーを迎えるのは緊張《きんちょう》してしまう。

ドキドキしながら客間で待っていたら、エミリーがやってくる。

「スライム大公、この度は、私の訪問を受け入れてくださり、ありがとうございました」

「いつでも歓迎《かんげい》ですよ」

ガブリエルがそう答えると、エミリーはホッとするような表情を見せていた。

続けて、エミリーは私に挨拶をしてくれた。

「フランセット様、お久しぶりです！　お会いしとうございました！」

エミリーは私に勢いよく抱きついてくる。小柄《こがら》な美少女ながら、なかなかパワフルだ。

手と手が触れた瞬間、互いのブレスレットに触れ、かちゃんと小さな音を鳴らす。

それはスライム水晶《すいしょう》が連なったアクセサリーであった。

「あ、この前いただいたこのブレスレット、ありがとうございます。とっても気に入っているのですが、フランセット様とお揃《そろ》いだったのですね」

「ええ」

スライムを加工して作った水晶だと説明はしていたものの、忌避《きひ》する様子もなく、身に着けてくれているようだ。

「あら、フランセット様の物だけ、エメラルドみたいな色合いなんですね」

「これは、私の現在地がガブリエルにわかるような魔法がかかっているの」

以前、ガブリエルの大伯父《おおおじ》に誘拐《ゆうかい》されてからというもの、ガブリエルが私を心配するあまり、作ってくれた特別な品だ。誕生日に贈《おく》ってくれた、大切な宝物である。

そんな説明をすると、エミリーは淡く微笑みながら、思いがけないことを言ってくれる。

「フランセット様はスライム大公に愛されているのですね」

そんなふうに言われた瞬間、ガブリエルと目が合ってしまい、頬《ほお》が熱くなる。

私が盛大に照れている間に、エミリーは義母に向かって、淑女《しゅくじょ》の礼を見せてくれた。

「ご夫人、お初にお目にかかります。私はオーガ大公、エミリーと申します」

「初めまして。ガブリエルの母の、マリア・ド・スライムですわ」

「お会いできて光栄です」

「わたくしも」

なんでもエミリーはワイバーン便を乗り継《つ》ぎ、ここまでやってきたらしい。

「驚きました。以前は、王都からスプリヌ地方まで数日もかかっていたのに、ワイバーンだと数時間で到着するのですね」

驚きの表情を見せるエミリーに、義母が言葉を返す。

「ええ、ええ、そうでしょう？　すべて、我が家《わがや》のフランセットさんがアクセル殿下に掛《か》け合って、実現したんですよ」

「さすが、フランセット様です！」

エミリーは曇《くも》りのないキラキラした瞳《ひとみ》で私を見つめる。その眩《まぶ》しさに、「うっ！」と声をあげてしまった。

私のお手柄のように義母は言うが、アイデア自体はガブリエルのものだったし、アクセル殿下との交渉《こうしょう》の場を手配したのも彼だ。私はただ、アクセル殿下と話しただけである。すべて私のお手柄のように言われてしまうと、それは違《ちが》うと言いたくなるのだ。

「湖水地方のアヒル堂の経営手腕《しゅわん》だけでなく、交渉力《こうしょうりょく》もお持ちだなんて、本当にすばらしいお方です！」

「ええ、そうなんですよ。フランセットさんはスライム大公家の自慢なんです」

ゴホンゴホンと咳払《せきばら》いし、話題を別の方向へ導こうとしたのに、どんな話になっても、義母は私を自慢してくれる。恥《は》ずかしさに耐《た》えきれず、最終的に顔を両手で隠してしまった。

義母はエミリーに「ゆっくり過ごされてくださいね」と言って去る。

ガブリエルと共に、客間へ案内することとなった。

スプリヌ地方特産のお茶と、秋採れコケモノのタルトを振る舞う。

エミリーはどちらもお気《き》に召したようで、おいしいと絶賛してくれた。

落ち着いたところで、ガブリエルが本題を持ちかける。

「して、オーガ大公、我が家に何かご用だったのですか？」

質問に対し、エミリーはぽん！　と手を打つ。

「ああ、そうでした！　オーガ大公家が作っていたオーロラ真珠の購入《こうにゅう》を望まれていたのに、十分な数をお譲《ゆず》りすることができず、改めて謝罪したいなと思いまして」

エミリーはギリギリまで、なんとかできないかと奔走《ほんそう》していたらしい。

魔法使《まほうつか》いを雇《やと》って調査させたり、古代の文献《ぶんけん》を読みあさったり、ありとあらゆる手段を試《ため》したが、オーロラ真珠の復活は絶望的だ、ということだけがわかる結果になってしまったようだ。

「せっかくフランセットさんが、結婚式に使いたいと言ってくださったのに、ご用意できなくて、本当にふがいないです……」

エミリーは深々と頭を下げる。黙《だま》りこんでしまったエミリーに、ずっと気になっていたことを問いかけた。

「あの、エミリー様、どうしてオーロラ真珠が採れなくなってしまったの？」

「それは――」

明るかったエミリーの表情が、途端《とたん》に曇る。目を伏《ふ》せ、唇《くちびる》をきゅっと結んでいた。

「ごめんなさい。聞いてはいけない質問だったわね」

「いいえ、そんなことありません。よろしかったら、聞いていただけますか？」

それはこれまで一族以外に口外したことがない、オーガ大公家の秘密だった。

「もともと、オーガ大公領は山奥《やまおく》の人里から離れた場所にあったんです」

それゆえ、自然が豊かで、オーロラ真珠の養殖に向いた環境《かんきょう》が整っていたらしい。

「けれども、金に目が眩《くら》んだ伯父が、ある事業を始めたんです」

それは富裕層《ふゆうそう》向けに行われる観光事業だったと言う。

なんでもオーロラ真珠は魔石を餌《えさ》にし、短期間で育てるもののようだが、真珠が採れたあとの母貝は破棄《はき》される。新しい母貝を育てるまでの間、収入が途絶《とだ》えるので、エミリーの伯父が観光事業をしようと思い立ったらしい。

「富裕層に対し、伯父は貴族にも紹介していない特別な土地だと嘘《うそ》を吐き、大金と引き換《か》えにオーガ大公領へ招いていたようで――」

それだけならまだいい。

呼び寄せた客達はオーガ大公領でどんちゃん騒《さわ》ぎをし、オーロラ真珠を養殖する湖にゴミを捨てたり、汚水《おすい》を流したり、と好き勝手な振る舞いをしていた。

その悪行は巧妙《こうみょう》に隠されていて、気付くのが遅れたらしい。

「おかしいと確信したときには、すでに湖は汚染され、浄化が不可能な状況まで追い込まれていました。さらに、オーロラ真珠作りに必要な母貝も死に絶え……」

いかなる方法も効果はなく、もう二度と美しいオーロラ真珠は養殖できなくなってしまったようだ。

「私はオーロラ真珠を失いたくなくて……かといって、具体的な方法は何もなく」

一族の中には、オーロラ真珠については諦《あきら》めるように、とエミリーを説得する者も現れているという。

「オーロラ真珠にこだわるのは、私のわがままかもしれない。そう思いつつもあるのですが」

悔《くや》しそうに唇を噛《か》むエミリーを前に、言葉を失ってしまう。

静まりかえる中で、ガブリエルがふと思い出したかのように話を始めた。

「以前、オーガ大公がパーティーで身に着けていたのが、オーロラ真珠だったのですか？」

「ええ、そうなんです。我が家に代々伝わる、特別なオーロラ真珠でして」

「エミリー様が以前身に着けていたオーロラ真珠は、本当に美しかったのを覚えているわ」

「ありがとうございます。そのように言っていただけて、嬉しいです」

エミリーとは魔物大公の会議が行われていたシーズン中、国王主催《しゅさい》の夜会の場で出会った。

そのときに見たオーロラ真珠の輝《かがや》きは、今でも鮮明《せんめい》に思い出せるほどである。

「オーロラ真珠が永遠に失われてしまうのは、とても悲しいわ」

「フランセットさん、ありがとうございます」

しょんぼりと落ち込む様子を見ていると、なんとかできないのか、と思ってしまう。

現状、助ける術など何もないのだが……。

私には無理でも、ガブリエルだったらなんとかできるのでは？

そう思って彼を見た瞬間、ガブリエルと目が合ってしまう。

口に出さずとも、意を汲んでくれたのか、彼はこくりと頷《うなず》いた。

「ガブリエル、その、エミリー様のことを、助けられないかしら？」

「詳《くわ》しい状況を把握《はあく》していないのでわかりませんが、一緒に対策を考えることくらいであれば、私にもできます」

ガブリエルの言葉を耳にしたエミリーが、パッと顔を上げる。先ほどまで深く落ち込《こ》んでいたような瞳は、希望でキラキラと輝いていた。

「スライム大公、いいのですか⁉」

「ええ。ひとまず、後日、資料を交え、話をしたいのですが」

「もちろん！」

そんなわけで、後日、オーロラ真珠を復活させる方法について、話し合うこととなった。

エミリーが帰ったあとで、ガブリエルに感謝の気持ちを伝える。

「ガブリエル、オーロラ真珠のこと、協力してくれて、ありがとう」

「お力になれたらいいのですが」

「絶対になれるわ――って、こんなことを言ったら、プレッシャーになるかしら？」

「いいえ、嬉しいです。さっきも、オーガ大公に手を貸すかどうか、迷っていたんです」

他領の問題に、首を突《つ》っ込んでいいものか迷っていたという。

「フランが背中を押《お》してくれたおかげで、いい方向に話が進んだと思っています」

「だったらよかったわ」

ガブリエルは私の願いを無理に聞き入れたのではないか、と心配だったので、ホッと胸をなで下ろしたのだった。

◇◇◇

あれから一週間ほど経ち、エミリーは再度湖水地方を訪《おとず》れる。

ガブリエルや義母と共に、彼女を迎えた。

「まずはこちらを」

エミリーは手にしていた分厚い書物をテーブルに置き、私達《たち》がいるほうへ差しだしてきた。

「オーロラ真珠の養殖方法について記録した書物です」

包みを開くと、真っ赤な文字で〝持ち出し禁止〟と書いてあった。

ガブリエルもそれにいち早く気付き、疑問を投げかける。

「これは、私達が見ていい書物ではないのでは？」

「いいんです。一族の秘密を頑《かたく》なに守ろうとした結果、今、オーガ大公家はオーロラ真珠を永遠に失いそうになっているので」

この書物を読み解き、オーロラ真珠を復活させてくれないか、とエミリーはガブリエルに頼みこむ。

ガブリエルは冷静な様子で、言葉を返した。

「まず、現状、私がオーガ大公領に赴《おもむ》き、オーロラ真珠の養殖ができなくなった原因について探《さぐ》ることは難しいです」

通常の領主としての業務に加え、春には結婚式も控《ひか》えている。村で行っている事業についてもガブリエルを通して決裁しているので、この地を離れて何かするというのは不可能だという。

「忙《いそが》しいときに、無理なお願いをしてしまいましたね」

「いいえ。ただ、何もできないわけではありません。空き時間に、対策を考えることならばできるでしょう」

ガブリエルなりに、オーロラ真珠が採れなくなった理由について、いろいろと考えていたらしい。

「オーロラ真珠の養殖ができなくなったのは、おそらく環境の悪化が原因だと考えています。同じように、スプリヌ地方の環境も、スライムのせいで劣悪《れつあく》です。よって、この土地での養殖が成功すれば、オーガ大公領でもオーロラ真珠の養殖が再開できると思うんです。それでもいいのであれば、オーロラ真珠の復活に協力させてください」

エミリーの表情がパッと明るくなる。すぐに了承《りょうしょう》しそうになったようだが、ガブリエルが待ったをかけた。

「ただ、この地で私が真珠養殖《しんじゅようしょく》の調査及《およ》び研究を行うことには、さまざまな問題が浮上《ふじょう》します」

もっとも気にすべき点は、双方《そうほう》で交《か》わすべき報酬《ほうしゅう》についてだろう。

「オーガ大公、私達が真珠の養殖を復活させた場合の報酬などは考えているのですか？」

「ええ、もちろんです。湖を浄化し、美しいオーロラ真珠を完成させた暁《あかつき》には、その方法をオーガ大公家にすべて伝授していただきたい、と思っています」

さらに、オーロラ真珠を作るシーズンはオーガ大公領とずらしてほしい、と頼まれた。

細かい契約《けいやく》については、きちんと考えてきていたらしい。数枚の書類に文書をまとめたものを、ガブリエルに見せていた。

そもそも、真珠はいったいどれくらいの期間でできるのか、エミリーに質問する。

「通常、天然の真珠ができるまで、半年から一年ほどかかります。けれども、オーガ大公家に伝わる養殖方法では、魔石を餌として与《あた》えているので、三日から一週間ほどで真珠を完成させることができるんです」

さらに、養殖について書かれた書物は、無償《むしょう》で貸してくれると言う。

「母上はどう思いますか?」

「私の考えなんてどうでもいいです。あなたとフランセットさんの結婚式なのだから、二人で考えてください」

そんな言葉を聞いたガブリエルは、決意を固めたような表情で私を見つめる。

「フラン、オーロラ真珠作りに挑戦《ちょうせん》してみましょう」

「これ以上、仕事を増やしてもいいの?」

「もちろんです。二人で頑張《がんば》りましょう」

そうだった。何か成《な》し遂《と》げるためには、皆で協力し、苦楽を分け合えばいいのだ。

私は差しだされたガブリエルの手を取り、こくりと頷く。

「ガブリエル、エミリー様と協力して、一緒《いっしょ》にオーロラ真珠を作りましょう」

「ええ！」

そんなわけで、私達はオーロラ真珠作りに挑《いど》むこととなったのだ。

午後からはエミリーとのお茶会を開いた。今日は少しだけゆっくり過ごせるようで、二人っきりのティーパーティーが実現したのである。

お茶と茶菓子《ちゃがし》はエミリーがオーガ大公領から持ってきてくれたものである。

いつも手紙を交わすとき、食文化についてもいろいろ聞いていたので、以前から気になっていたのだ。

「これはバター茶といって、オーガ大公領で親しまれているお茶なんです」

バター入りのお茶なんて初めて飲む。なんでもミルクと茶葉を煮詰《につ》めたあと、バターとシナモン、ほんの一つまみの塩を入れて飲むらしい。

「こっちのお菓子は、揚《あ》げたパンを蜜《みつ》に漬《つ》けたものでして」

どちらも初めて口にする。ドキドキしながらいただいた。

まずはバター茶から。

「これは――コクがあって、シナモンが豊かに香り、ほんのりしょっぱくて……不思議な味わいね」

最初は驚くような味だったものの、飲んでいるうちに癖《くせ》になる。

揚げパンの蜜漬《みつづ》けは、噛むとシロップがじゅわりと溢《あふ》れ、なんというか、ひたすら甘い。

「その、歯が溶《と》けそうになるほど甘いわ」

「そうなんです。信じられないくらい甘いですよね。フランセットさんの作るお菓子はほどよい甘さなので、大好きなんです」

なんでもオーガ大公家の冬は雪こそ積もらないものの、寒さが厳しいらしい。

そのため、甘い物をたっぷり食べて冬を乗り切るのだとか。

「オーガ大公領に伝わるお菓子は、みんな甘すぎるんです」

「そ、そうなのね」

私のお菓子を食べるために、この地に住みたい、とまでエミリーは言っていた。

「また、お菓子を送るわね」

「フランセットさん、ありがとう！」

会話が途切れると、今度は私の結婚式《けっこんしき》について話し始める。

「エミリー様、私達の結婚式の招待状を受け取ってくれるかしら？」

「わあ！　嬉しいです」

本当は前回会ったときに渡そうと思っていたのだが、オーロラ真珠《しんじゅ》について悩《なや》んでいる様子だったので、またの機会でいいだろうと判断していたのだ。

「もちろん、参列します」

ありがたいことに、エミリーは結婚式の手伝いをしてくれると言う。

「だったら、ブライズメイドをお願いしたいのだけれど」

ブライズメイドというのは、結婚式の日に花嫁《はなよめ》の手助けをしてくれる友人のことだ。

「フランセットさんのブライズメイドに選ばれるなんて、光栄です。ぜひともやらせてください！」

快く引き受けてくれたエミリーに、深く感謝をしたのだった。

◇◇◇

結婚式当日にお祭りも開催《かいさい》されることになったため、出店希望の書類がたくさん集まる。

それを一枚一枚精査し、許可を出すのが私の仕事であった。

普段《ふだん》、商店を営む人達からも、応募《おうぼ》が殺到《さっとう》している。

けれども露店《ろてん》を出せる場所に限りがあるため、全員を採用するわけにはいかない。

たくさんの領民に楽しんでもらえるように、さまざまな店を均等に出してもらうため、精査する日々であった。

それ以外にも、招待状を書いたり、披露宴《ひろうえん》で出す料理について考えたり、と仕事は山のようにあった。

もちろん結婚式絡《けっこんしきがら》み以外でも、湖水地方のアヒル堂の新商品の試食や、来客の応対、手紙の返信など、無視できない務めが積み重なっていく。

ただ、私の傍《そば》には優秀《ゆうしゅう》な家令であるコンスタンスや、手足となって動いてくれる侍女、ニコ、リコ、ココがいた。彼女らも、精一杯頑張《せいいっぱいがんば》ってくれている。

さらに、私の心を癒《い》やしてくれるアヒル、アレクサンドリーヌの存在もあった。

私が机に突っ伏《ぷ》していると、アレクサンドリーヌは決まって頬をすり寄せて、元気づけてくれるのだ。

プルルンはおいしい紅茶を淹《い》れて、休憩《きゅうけい》時間を作ってくれる。

みんなのおかげで、なんとかやっているので、感謝しかない。

夜になると、ガブリエルとオーロラ真珠作りについての話し合いをするのだった。

エミリーから預かった、真珠の養殖についての書物は、ガブリエルと交代で借りて読むようになっていた。

ただ、内容が難しく、私は一割も理解できていないだろう。

「フラン、それも無理はないですよ。この養殖の方法には、高位魔法《まほう》の技術が応用されているようで、専門用語なども容赦《ようしゃ》なく出てくるので」

どこまで読んだのか聞かれ、ページを示すと、ガブリエルは驚きの表情を浮《う》かべる。

「もうそこまで読んでいたのですか⁉」

「わからない部分は飛ばし飛ばしで、しっかり読み込んでいるわけではないの」

疑問についての走り書きは大量で、用語もほとんど理解していない。ただ読んでいるだけなので、早くても意味がないだろう。

「いえ、この文字と文章を読めたのか、と驚いたのです」

「文字と文章？」

「はい。明らかに悪筆な上に乱文でしょう？」

たしかに文字は少々雑に書かれていて、文章は要領を得ず、拙《つたな》い部分がある。

「でも、読めなくはないわ」

「私は理解に時間がかかるのですが……。気が散って、挙げ句、頭が痛くなります」

「そんなに？」

「ええ。あまりにも酷《ひど》いので、フランが書いた手紙を読んで気持ちを落ち着かせるくらいです。しかしながら、フランはどうしてこのような文章が読めるのですか？」

「それは――たぶん、幼少期から、さまざまな人が書いた文字や文章に触れる機会が多かったからだと思うわ」

難なく読めるのは、おそらく子どものときから多くの人々と手紙を交わしていたからだろう。文章を読むのはそれほど苦ではない。中にはミミズが這《は》ったような文字を書く人もいたが、個性的だと思うばかりであった。

「すばらしいですね。特技と言っても過言ではありません」

「そうかしら？」

「自信を持ってください」

ガブリエルがあまりにも真剣《しんけん》な眼差《まなざ》しで言うので、私は素直《すなお》に頷いておいた。

「幼少期から、原物《オリジナル》の魔法書を読むのが苦手で……。魔法書の多くは活版本が生み出される前に作られたものがほとんどで、こちらの養殖の方法が書かれた書物のように、手書きのものが多いです」

なんでも手書きの書物を読むことは、時として苦痛を伴《ともな》うようだ。

本を出せるような魔法使いの多くは悪筆で乱文を書くことが多いようだが、世の中に出回る魔法書の多くは代筆師が書いた文字がきれいな写本だったらしい。

「悪筆と乱文が合わさった本を読む機会は、実はそれほど多くないんですよ」

そのため、余計に疲《つか》れてしまったのだとガブリエルは零す。

「大変な思いをしていたのね」

「そうなんです。養殖についての書物は一時間が限界です。毎晩、気持ち悪くなりながら読み終えているのですよ。フランが書いた文字だったら何時間でも読めるのですが」

まさか、ガブリエルがそこまで読むのに苦労していたなんて……。

と、ここでピンと閃《ひらめ》く。

「だったら、私がこの本の文章を読んで、別の紙に書き写しましょうか？」

「いいのですか？」

「ええ。ざっくり読んだけれど、私が理解できる部分は少ないから、写本くらいだったら、いくらでも協力できるわ」

「助かります！」

ただ、無断で書き写すのはよくないので、一度エミリーに許可を取ったほうがいいだろう。

「ひとまず、今日のところは読み聞かせをしましょうか？」

「いいですね。すばらしい夢をみることができそうです」

私にもできることがありそうで、嬉しくなる。

さっそく、ガブリエルのために養殖についての書物を読み上げたのだった。


それから数日後――無事、エミリーから写本の許可をもらい、暇《ひま》さえあれば書物の内容を書き写す作業に取りかかる。

『プルルンも、おてつだい、するよお』

「助かるわ」

プルルンという優秀な助手と共に、本の内容を書き写す。

真珠は貝から生まれる。そんなざっくりとした情報は把握していたものの、具体的にどのようにできるかは知らなかった。

本を読んでみると、真珠ができる原理についてしっかり書かれていた。

真珠を作る母貝は殻の中に砂粒《すなつぶ》などの異物が入り込むと、痛みを感じるらしい。痛みをどうにか和《やわ》らげようと、真珠層と呼ばれる光沢《こうたく》物質を分泌《ぶんぴつ》させて砂粒を包み込む。それによって完成した物が、真珠と呼ばれるらしい。

真珠は貝が生み出すものではなく、いわば防衛本能の産物なのだろう。

そんな貝の仕組みに気付いた初代のオーガ大公が、真珠を養殖できるのではないか、と思いついたようだ。

作り方は手間暇《てまひま》がかかっていた。

母貝には真円に加工した核《かく》を入れ、人工的に真珠ができるような状態にする。

そこからすり潰《つぶ》して粉末状にした魔石を餌として与え、さらに、水質や水温などは魔法できっちり管理しなければならないらしい。

早ければ一週間ほどでできるそうだが、その前に透過魔法《とうかまほう》を使って真珠の状態を確認《かくにん》するようだ。

しっかり仕上がっていたら、母貝から真珠を抜《ぬ》き取る。

大きさ、傷の有無《うむ》、真珠自体の照りなど、種類ごとに選別され、その後、宝石商などに出荷《しゅつか》されるようだ。

「――ふう」

数十枚にも渡って、真珠の養殖方法を書き写した。

プルルンが紙を入れ替《か》えてくれたり、インクを乾《かわ》かしてくれたり、インク壺《つぼ》にインクを注いでくれたり、とさまざまな作業をしてくれたので、私は書き写すことだけに集中できた。

『フラ、はかどったー？』

「ええ、プルルンのおかげで、だいぶ進んだわ。ありがとう」

『よかったー』

インクが乾いたものから、どんどんガブリエルのもとへ運んでもらう。

途中《とちゅう》、彼《かれ》からカードが届いた。そこには、〝とても美しく、読みやすい文章です。ありがとうございます〟と書かれていた。

作業の疲れが吹《ふ》き飛ぶようなカードを貰《もら》い、嬉《うれ》しくなる。

残りも頑張ろう、と気合いを入れたのだった。

第二章◆公爵令嬢フランセットは、真珠作りに挑む！

なんとか写本を終え、ホッと胸をなで下ろす。

一方、ガブリエルは数日と経《た》たずに、真珠の養殖のすべてを理解したらしい。

「フランのおかげで、内容がするする頭に入ってきました」

「それはよかったわ」

お役に立てて何よりである。

これまで夜に作業していたのだが、今日から真珠の養殖計画が本格的に始動する。

「まずは、母貝が真珠を育てる湖を探す必要がありますね」

「ええ」

ほどほどに広く、水深が深い場所がいいらしい。

「できれば水質がよく、スライムが少ない場所がいいのですが――」

「そんな場所、あるかしら？」

「ないですね」

ここはスライムの本拠地《ほんきょち》と言っても過言ではない、スプリヌ地方だ。その辺を歩いているだけでも、スライムと遭遇《そうぐう》してしまう。

「スライムが少ない、という条件は諦めましょう。まず、第一に求めるのは、水質のよさ！」

何カ所か思い当たる湖があるらしい。ガブリエルが転移魔法を使って連れて行ってくれるようだ。

「まず、大本命は〝輝きの湖〟と呼ばれる場所です」

そこはスプリヌ地方の中でもっとも美しい湖と名高いようだ。

「あまりの湖の美しさに父は惑《まど》わされ、うっかり母に求婚《きゅうこん》した、という逸話《いつわ》があります」

「楽しみだわ」

ガブリエルが転移魔法を展開させると、景色が一瞬《いっしゅん》にして変わっていく。

下り立ったあと、目を開いた先にあったのは――水草が大量発生した緑色の湖。

「な、なんですか、ここは⁉」

ガブリエルの疑問に答えるように、すぐそばに〝輝きの湖〟という看板が立っていた。

「私は着地する場所を間違《まちが》えたのでしょうか？」

「あの、ガブリエル……そこに〝輝きの湖〟と書かれた看板があるわ」

看板の存在に気付いたガブリエルは、頭を抱《かか》え、その場に膝《ひざ》を突く。

「しばらく来ないうちに、こんな状態になっていたなんて」

なんでも一昨年、スプリヌ地方は記録的な猛暑《もうしょ》だったらしい。そのときに水草が大量発生し、このような状態になってしまったようだ。

水草はとてつもない量で、目の細かい網《あみ》みたいに水面に広がっている。

プルルンが水際《みずぎわ》にあった水草に触《ふ》れたあと、ギョッとしていた。

『うわー、これー、ネバネバしてるー』

なんでも粘《ねば》り気《け》を含《ふく》んだ水草らしい。粘度《ねんど》が強く、一度触《ふ》れたらなかなか離《はな》れないようだ。

ガブリエルはがっくりと肩を落とす。

「いつかここにピクニックにやってきて、フランに〝輝きの湖〟を見せることを夢みていたのに！」

「ガブリエル、平気よ。水草を見ながらのピクニックも、きっと楽しいと思うわ」

私を見上げたガブリエルは、ハッとなる。

「なるほど！　フラン以上に美しいものなどこの世にないのだから、フランさえ傍にいたら、きれいな景観なんて必要ない、ということですね!!」

話が大きく飛躍《ひやく》したが、ガブリエルが元気になったのでよしとしよう。

ガブリエルがハッとなり、下がるよう叫《さけ》んだ。

「プルルン、フランを守ってください!!」

『はーーい』

ガブリエルに召喚《しょうかん》されて登場したプルルンが、私を守るように盾《たて》の姿へと変化した。

いったい何があったのか、と視線を湖に移すと、水面に広がっていた水草が高波のように上がった。

「あ、あれは――――!?」

植物系の水草モンスターか、と思いきや、プルルンが『ちがうよお』と答えてくれる。

『フラ、あれはきっとスライム』

「スライムですって⁉」

ガブリエルが召喚した五色のスライムが、果敢《かかん》に応戦する。

まず、黒いスライムが剣《けん》の形に変化し、水草に斬りかかる。すると、水草の下から大量のスライムが顔を覗《のぞ》かせていた。

水草に隠れて攻撃《こうげき》を仕《し》掛《か》けてくるなんて、なかなか賢《かしこ》い。

赤いスライムが火の玉を放つも、粘り気と水分をしっかりまとった水草が燃えることはない。

すぐさま、ガブリエルが命令する。

「全体に雷《かみなり》を放ってください」

『りょうかい‼』

黄色いスライムがぶるぶる震《ふる》えて充電《じゅうでん》するような動きを見せたあと、一気に放電する。

水を通じて、スライム達は感電したようだ。

あっという間に勢いを失い、スライム達は息絶えた。

「フラン、ケガはないですか？」

「あなたとプルルン、スライム達のおかげで、なんともないわ。ありがとう」

感電したスライムは氷のように固まった状態で死んでいる。通常、スライムは倒《たお》したら液体になることが多いので、その違いに驚《おどろ》いてしまった。

「ねえ、ガブリエル。このスライムはどうして固まって息絶えているの？」

「スライムの性質と言えばいいでしょうか」

なんでもスライムは痺《しび》れるような攻撃を受けると、命を守るために硬直状態《こうちょくじょうたい》になるらしい。

ただ、その守りは強固というわけではなく、攻撃を受け続けると、そのまま死んでしまう。

「その結果、スライムは硬直した状態を維持《いじ》したまま、死ぬわけです」

「興味深いわね」

「でしょう？」

この状態で息絶えたスライムを何かに使えないか、と考えたようだが、透明度《とうめいど》も低く、スライム自体の魔力《まりょく》を抜くのも普通《ふつう》のスライムの亡骸《なきがら》に比べて手がかかるため、今のところ利用できるものは思いついていないらしい。

「このブレスレットに使っている水晶とは、異なるのかしら？」

「ええ、そちらは液体のスライムを急速冷凍《れいとう》して結晶化《けっしょうか》させるんです。そこからさらに魔力を抜いて磨《みが》いたものを、宝飾品にしているのですよ」

「想定以上の手間暇だったのね。さすが、ガブリエルだわ」

「いえ、たいしたことではないのですが」

口ではそう言いつつも、表情はまんざらでもない、という感じだった。私が彼の自己肯定感《こうてい》を高める努力を続けていた結果が、じわじわでてきているような気がする。

もっともっと自信を持ってほしいので、これからもどんどん褒《ほ》めて伸《の》ばそう。

「まあ、何はともあれ、ここの湖は却下《きゃっか》ですね」

「水草をすべて取り除いたとしても、難しいのかしら？」

「ええ……水草の粘り気が溶け込んでいるせいか、水質がよくないように思えます」

黄色いスライムに命じ、水草を掻《か》き分けてもらう。すると、水草に負けない緑色の水が見えた。

ガブリエルは森の奥《おく》に視線を送り、目を眇《すが》める。

「ねえ、どうかしたの？」

「いえ、ここには大きな木があったのですが、いつの間にか倒れていたようで」

ガブリエルが指差した先には、雷が落ちたような裂《さ》け目《め》が入った木があった。

「かつてはあの木の枝葉が湖を覆《おお》っていたようですが」

木が湖を遮《さえぎ》らなくなり、太陽の光がさんさんと降り注ぐ。その結果、水草がぐんぐん育つい環境になってしまったのだろう。

「真珠《しんじゅ》の養殖《ようしょく》に、日当たりがよい場所は不向きかと思います」

「だったら、ここではない、別の湖を探さなければならないってわけね」

「はい」

もう一カ所、比較的《ひかくてき》水質がいい湖があるらしい。さっそく転移魔法で移動する。

ガブリエルが魔法を展開させると、景色が一瞬で入れ替わる。

先ほどまでの森は明るくさんさんとしていたが、下り立った森は木々が重なって生え、鬱蒼《うっそう》としていて暗い印象であった。

「少し不気味な場所ですが、湖は意外ときれいなんです」

この辺りは珍《めずら》しい薬草がよく生えるので、たまに訪れていたらしい。

獣《けもの》しか立ち入らないような森の中を、草木を掻き分けながら進んでいく。

「湖に着地する予定だったのですが、少し座標を誤っていたようで」

「かまわないわ。冒険《ぼうけん》みたいで、少しわくわくしているの」

「だったらよかったです」

このような草木が茂《しげ》った場所に、立ち入る機会などない。

突然《とつぜん》、ガブリエルが振《ふ》り返ったかと思えば、顔を顰《しか》める。

それは彼が気分を害した、という様子ではなく、何か強く気になることがあるときに見せる表情であった。

どうかしたのかと聞くまでもなく、ガブリエルは話し始める。

「フラン、ドレスが濡《ぬ》れてしまいます。この辺りに生えている植物は、湿気《しっけ》で水分を含んでいるので」

言われてみれば、袖《そで》や裾《すそ》が少し濡れていた。散策するのに夢中で、まったく気付かなかったのだ。

「プルルン、フランの服を保護する雨具に変身してもらえますか?」

『りょうかーい』

プルルンは私の胸にピタッと密着したかと思えば、透明《とうめい》な外套《がいとう》に変身する。

『ぼうすいふくー！』

「プルルン、ありがとう。ガブリエルも、気付いてくれて、感謝しているわ」

『いえいえー！』

ガブリエルは率先《そっせん》して草木を掻き分けていたからか、髪《かみ》に水滴《すいてき》が付いていた。

「あら、ガブリエル、あなたも濡れているわよ」

「どこがですか？」

「ちょっとじっとしていてね」

ハンカチでガブリエルの髪に付着した水滴を拭《ぬぐ》ってあげると、少し恥ずかしかったようで、耳がほんのり赤くなっている。

私が濡れているということは、自分も、とは思わなかったようだ。

もう少し自分自身にも頓着《とんちゃく》してほしいが、彼のこういううっかりなところもたまらなく愛《いと》おしく感じていた。

「フラン、ありがとうございます」

「どういたしまして」

そこから少し進んだ先に、湖はあった。

「ここは――」

ガブリエルは絶句する。なぜかと言えば、比較的きれいだったはずの湖が、沼《ぬま》のようになっていたから。

「いったいどうして、ここまで汚《よご》れてしまったのでしょうか？」

以前までは魚やカエル、エビなど、水棲《すいせい》生物が生息するような湖だったらしい。

水面にはボコボコと沸騰《ふっとう》しているような泡《あわ》が出ていて、魔物《まもの》以外の生き物が生息しているようには見えない。

「フラン、湖には近付かないでください。嫌《いや》な予感がします」

「え、ええ」

ガブリエルは五色のスライムを召喚し、警戒《けいかい》している。

きっと、なんらかの気配を感じているのだろう。

ここで、プルルンが叫んだ。

『ガブリエル、あしもと!!』

「なっ!?」

いつの間にか湖から泥《どろ》が這いでて、ガブリエルの近くまで迫《せま》っていた。

すぐさまガブリエルは素早《すばや》く後退し、泥から距離《きょり》を取る。

泥が勝手に動いているようだが、よくよく目を凝《こ》らしたら、目と口が存在していた。間違いなく、正体は泥を含んだスライムなのだろう。

「ガブリエル、これは普通のスライムなの？」

「普通ではない可能性が高いかと」

スプリヌ地方には独自の進化を遂げた、他に例がない固有《ユニーク》スライムが存在する。ガブリエルが契約している五色のスライムも、世界にただ一体しか存在しない個体なのだ。

赤いスライムは火属性、黄色いスライムは雷属性、青いスライムは水属性、緑のスライムは風属性、黒いスライムは物理属性。

プルルンについては何属性なのか謎《なぞ》でしかないようだが、高い変化能力と知能を併《あわ》せ持つ、類《たぐ》い希《まれ》なるスライムである。さらにプルルンは精霊《せいれい》化している唯一《ゆいいつ》の個体なのだろう。特別な存在であることは間違いない。

沼と化した湖に潜《ひそ》んでいたスライムは、明らかにその辺に生息しているスライムと様子が違《ちが》っていた。

地面を這う蛇《へび》のように接近していたが、こちらが警戒すると一気に襲《おそ》いかかってくる。

鞭《むち》のように細長く変化した体をしならせ、攻撃を仕掛けてきた。

黒いスライムが躍《おど》り出て、体当たりを食《く》らわせる。

けれどもダメージを受けた様子はない。

「全体が泥で、スライムの弱点である核《コア》が見えません」

こうなったら、無差別に攻撃するしかないらしい。

続いて緑のスライムが、風で作った刃《やいば》で切り裂こうとした。

その瞬間《しゅんかん》、スライムは一瞬光ったかと思えば、砂と化す。風の刃は手応えもなく、通り過ぎていった。

「な、なんなのですか、これは！」

泥と同化しているような状態から、一瞬にして砂で構成されたような姿に変化した。

驚くべきことはそれだけではない。

湖の半分が砂と化したのだ。このスライムがとてつもなく巨大《きょだい》であることが明らかになった。

「プルルン、フランを飲《の》み込んで、どこかに潜んでいてください」

『りょうかーい』

プルルンは了承を得てから、体の中に私を取り込む。

そのまま木に登り、高い位置から戦闘《せんとう》を見守るようだ。

改めて、木の上からスライムの全貌《ぜんぼう》を把握し、ギョッとしてしまう。

湖が波打つように、うごうごと動き回っていた。

スライムが砂に変化したら、湖も砂地と化している。これはいったいどういうことなのか。

砂属性であれば、弱点は水だ。

ガブリエルもそう判断したようで、青いスライムに攻撃を命じた。

けれどもスライムは、再度姿を変える。

自身の体を炎《ほのお》に変化させ、水の攻撃が届く前に蒸発させていた。

スライム自身だけでなく、湖にも火が広がった。ゆらゆらと波打つように燃え上がり、森に火が移らないかハラハラしてしまう。

「あのスライムは、敵によって状態を変化させるものなのね」

『そうかもー』

名付けるならば、〝状態変化スライム〟か。そうだとしたら厄介《やっかい》である。いかなる攻撃も、変化によって防いでしまうのだ。

ガブリエルはどう戦うのだろうか。ハラハラしながら見守る。

その後も、火属性の赤いスライムに対しては水に変化し、水属性の青いスライムに対しては雷雲《らいうん》に変化する。物理属性の黒いスライムに対しては、水銀のような姿となり、攻撃を上手《うま》く躱《かわ》していた。

『このままじゃ、ガブリエル、負けるよお』

「いったいどうすればいいの？」

今度はガブリエルが氷魔法で攻撃を仕掛ける。巨大な氷柱《つらら》で串刺《くしざ》し状態にしていたものの、スライムはマグマと化し、氷柱を一瞬で溶かしていた。

『わー、ガブリエルじまんの、まほうがー』

残念なことに使役《しえき》しているスライムの攻撃だけでなく、ガブリエルの高位魔法すら防いでしまうらしい。

その後も、ガブリエルはさまざまな属性の魔法を試《ため》す。そのどれもが、巧妙《こうみょう》に防がれてしまうようだ。

ガブリエルが諦《あきら》めの表情で繰《く》りだしたのは、地属性の魔法。

「――打ち震えろ大地よ、震動《クエイク》!!」

地面が揺《ゆ》れ、スライムの体がぷるぷる震える。

地属性に耐性《たいせい》のある状態に変化しようと、ピカッと光った。

けれども揺れが激しくなると、湖のほとりに触手《しょくしゅ》を伸ばし、耐《た》えるような仕草を取る。

次の瞬間には、水と化し、震動を無効化していた。

ここで初めて、スライム全体が透明になる。木の上から見ていると、その全貌が明らかとなった。

『わー、おおきなスライムだー！』

「核を見つけたわ！」

スライムの弱点である核は、湖の底にある岩だった。

おそらく、湖と岩はくっついているのだろう。

だから、先ほど湖全体が揺れたとき、体が外に出ないようにしがみついていたのだ。

すぐさま、ガブリエルに報告する。

「ねえ、ガブリエル！　このスライムの核は湖の底にある岩で、どうやら地面と繋《つな》がっているようなの！」

「なるほど。だから先ほど、地属性の魔法を繰りだしたさいに、しがみついたのですね」

「ええ」

ガブリエルはすぐに対策を思いついたようで、スライム達に命令する。

「あのスライムを、湖から引き上げてください！」

一斉《いっせい》にスライム達《たち》は触手を作り、状態変化のスライムを捕《と》らえる。

けれども、しっかり掴《つか》ませないように、砂と化してしまった。

「今です！　〝あれ〟を放ってください！」

〝あれ〟とはいったいなんなのか。

緑のスライムが高く飛びあがり、口から何かを吐《は》き出した。

状態変化のスライム目がけて放たれたそれは、先ほど行った湖で発見した粘り気のある水草。

網のように広がり、状態変化のスライムを捕らえるように覆い被《かぶ》さる。

ガブリエルはなんとか湖をきれいにできないかと、緑のスライムに水草を食べさせていたのだ。ただ、水草は湖の深い場所まで生い茂っていて、あの場ですべては除去できなかった。

それが今、役に立つなんて。

水草の粘り気が砂に強く吸い付き、瞬《また》く間《た　ま》に引き上げられる。

スライム達が協力し、状態変化のスライムを湖から引き上げようとする。必死に抵抗《ていこう》していたものの、ずるずると地上へ上がっていった。

状態変化スライムが湖から離れると、湖への影響《えいきょう》はなくなる。ただの水になっていった。

『どっこらしょ！』

『よいしょ、よいしょ』

『きあいだー！』

『むううう！』

『あとすこしー！』

スライム達は力を合わせて水草で捕らえた状態変化スライムを引っ張る。

ガブリエルは湖に逃《に》げ込《こ》まないよう、陶石スライムを召喚した。

『なんだよーう』

「陶石スライムよ、湖の中を陶石で満たしてください」

『りょうかーい！』

陶石スライムは自身の中にあった陶石を湖に放つ。すると、状態変化スライムが入り込む場所などなくなる。

そして、地上に上げられた状態変化スライムは、ぷるぷると震えていた。

一応、水底にある核とは縄みたいなもので繋がっているようだが、あれを切られたら息絶えてしまうだろう。

ガブリエルが状態変化スライムに近付き、交渉《こうしょう》を持ちかける。

「ここで死ぬか、私に忠誠を誓《ちか》うか、どちらにしますか？」

そう問いかけたところ、状態変化スライムは降参の姿勢を取る。

これ以上、抵抗しないようなので、ガブリエルは使役《テイム》の魔法をかけた。

するとあっさり、状態変化スライムは契約に応じる。

眩《まばゆ》い光を放ったあと、すっかり大人しくなった状態変化スライムは、ガブリエルとの契約《けいやく》の恩恵《おんけい》で喋《しゃべ》れるようになった。

『ううう、もうわるさはしないよー』

「わかりました」

ガブリエルは契約して初めて、状態変化スライムの生態を把握《はあく》したらしい。

どうやらこのスライムは湖にある核と繋がっており、他のスライムのように連れて歩くことはできないようだ。

ひとまず、陶石スライムに陶石を撤去《てっきょ》するよう命じる。

「フラン、プルルン、もう下りてきても大丈夫《だいじょうぶ》ですよ」

「わかったわ。プルルン、お願い」

『はーい』

地上へ下り立ち、プルルンが外に出してくれる。

「フラン、ケガはありませんでした？」

「ええ。あなたの的確な指示と、プルルンのおかげでなんともないわ」

「よかった」

「ガブリエル、あなたは？」

「私も平気です」

「他のスライム達も？」

私が質問するやいなや、五色のスライムは元気に跳《は》ね回りながら答えてくれた。

『げんき！』

『なんともない！』

『ぶじー』

『このとおりー』

『へいきだよ』

ひとまず、全員ケガなく戦闘を終えたようで、ホッと胸をなで下ろす。

状態変化スライムはすっかり大人しくなったので、網代わりの水草は外される。

改めてその姿を間近で見たのだが、かなり大きい。馬車の車体と同じくらいあるだろうか。

ただ傍にいるだけでも、威圧感《いあつ》がある。

なんでもガブリエルが目にしたスライムの中でも、三本の指に入るのではないか、というくらいの大きさらしい。

「フラン、あなたが水底にある核に気付いてくれたおかげで、なんとか勝つことができました」

「私のお手柄《てがら》ではないわ。あなたが諦めずに戦っていたからこそ、気付いたことだから」

『二人がつかんだ、しょうりだー！』

プルルンの言うとおりである。互《たが》いに謙遜《けんそん》するのはやめて、称《たた》え合うようにしよう。

「それにしても、この湖が頼《たの》みの綱《つな》だったのですが……」

「ええ」

湖には水だけが残ったが、正直に言って水質がいいようには見えなかった。それにここは状態変化スライムの住処《すみか》となっている。真珠の養殖《ようしょく》なんてとてもではないが無理だろう。

状態変化スライムは湖に戻《もど》っていいと言われ、嬉しそうに転がっていく。

あっという間に湖は水が満たされた状態となった。

状態変化スライムは泥と化し、湖は一瞬にして沼となる。

ガブリエルは呆《あき》れた様子で質問を投げかけた。

「あなたはその状態が好きなのですか？」

『うーん、ふつう！』

「ではなぜ、その姿で居続けるのですか？」

『ひとが、ちかよらないから！』

「なるほど、そういうわけでしたか」

別に好んで泥の状態にしているわけではないらしい。人が安易に近付かないよう、沼と化していたのは賢いとしか言いようがない。

『これからは、きれいに、しておいたほうがいい？』

「そうであったら助かります」

『わかった！』

そう言うやいなや、状態変化スライムは眩い光を放つ。

泥から、澄《す》んだ水へと変化していった。

「これは――！」

私達が探し求めていた、養殖真珠ができそうな美しい湖である。

「ガブリエル、もしかして」

「ええ！」

すぐさまガブリエルが触れると、本物の水みたいに掻くことができる。

他のスライム達も真似《まね》して水に触れたので、状態変化スライムのスライムはくすぐったそうに笑い出した。

『あははは！』

ただ、すぐに慣れたようで、スンとすまし顔になる。

ガブリエルは真剣な眼差しで、状態変化スライムに問いかける。ここを利用してもいいか、と聞いているようだ。

状態変化スライムは『いいよ』とあっさり承諾《しょうだく》する。

「フラン、ここで真珠《しんじゅ》の養殖ができるかもしれません」

「すばらしい発見だわ！」

喜びが膨《ふく》らんで、思わずガブリエルに抱《だ》きついてしまう。彼も私をしっかり受け止め、ぎゅっと抱き返してくれた。

私達の周囲を、プルルンをはじめとするスライム達が、ぽんぽん跳ねながら回っている。

『やったね！』

『うれしー！』

『だいせいこう！』

『がんばったね！』

『こんやは、ごちそうだ！』

『いえーい！』

どうやら一緒《いっしょ》に喜んでくれているらしい。

状態変化スライムも、触手のように伸ばした両手を上げながら、『うまくいくと、いいねー！』と言ってくれた。

帰宅後、真珠養殖《しんじゅようしょく》の湖が決まったことを、ガブリエルと一緒にささやかに祝う。

グラスに注いだワインは、結婚式《けっこんしき》の披露宴《ひろうえん》に出すために試飲している物だ。

ガブリエルがお酒にもこだわりたいと言うので、結婚式までに五十本ほど味を確認しなければならないのである。

普通に飲むだけではつまらないので、何かのお祝いということにしよう、と決めていたのだ。

ただ、お祝いすることなんて五十本分もあるわけではなく、最近は「スライムに襲われなかった記念！」や「母の機嫌《きげん》がいい一日を祝って！」などと、なんとかひねり出していた。

「今日は正当なお祝いができて、とても気持ちがいいです」

「ええ。でも、ガブリエルが一生懸命《いっしょうけんめい》考えてくれたお祝いで乾杯《かんぱい》するのも、楽しかったわ」

「そうでしたか？」

今日、養殖真珠の湖が発見できなければ、「才能ある、素晴《すば》らしいフランに乾杯！」と言うつもりだったらしい。

「湖が見つかって、本当によかったわ」

「そのお祝いは次回、ですね」

才能を称えられても困ってしまうので、明日も何かお祝いできるような成果を出さなければ、と心の中で決意を固めたのだった。

◇◇◇

真珠養殖の土台となる湖は決まった。さっそく養殖を開始する。

その前に、湖周辺の環境《かんきょう》を整えるらしい。まずは野性のスライムや観光客などがうっかり立ち入らないよう、ガブリエルが魔法《まほう》で結界を作る。

スライム達は屋敷《やしき》から持ち出した木材で、囲いを作っていた。これは野生動物を侵入《しんにゅう》させないよう立てたものだとか。

三日後、私が立ち入ったときには小屋が建てられ、日差しを避《よ》ける屋根も設置された立派な施設《しせつ》と化していた。

「フラン、いかがですか?」

「短期間でここまで仕上げるなんて、とても頑張《がんば》ったのね」

「ええ。一刻も早く、真珠を作る必要がありますから」

ガブリエルと私の結婚式は春先を予定している。今は秋の終わりなので、残り数ヶ月しかない状況だ。

真珠が仕上がったとしても、加工が間に合うか、という課題もある。

今は真珠養殖が成功する未来を信じるしかないのだ。

「ねえ、ガブリエル。来て早々だけれど、少し休憩《きゅうけい》しない？　お弁当を作ってきたの」

ガブリエルが私の代わりに運んできてくれたバスケットの中身は、昼食だったのだ。

朝、早起きして作った料理ばかりである。

「お気《き》に召《め》していただけると嬉しいのだけれど」

「フランの手作りなんですね。楽しみです」

「よかった。あなたこの前、湖にピクニックに行きたい、って言っていたから」

「まさか、こんなに早く実現するなんて、夢のようです」

「夢だなんて、大げさね」

プルルンが敷物《しきもの》を広げてくれたので、腰《こし》を下ろして料理を広げる。

魔石ポットで湯を沸《わ》かし、スプリヌ地方自慢《じまん》の香り高い紅茶を準備した。

カップとソーサーは、磁器工房《こうぼう》で最近新しく作っている、陶石に粉末状のスライムを混ぜて耐久《たいきゅう》性を高めた焼き物だ。不思議なことに、焼くと透明になる。

陶器《とうき》や磁器とは比べものにならないほど硬《かた》く、地面に強く叩《たた》きつけても壊《こわ》れないらしい。こういうピクニックなど、外出するときに使うといいのではないか、と今日、初めて持ち出したのだ。

いそいそと並べていたら、ガブリエルが心配そうな眼差《まなざ》しを向けながら話しかけてくる。

「フラン、それはスライムが含まれたカップなんですが、本当に大丈夫なんですか？」

「安全性はガブリエルのお墨付きだし、焼き物の品質自体もすばらしいものだわ。どこに問題があると言うの？」

「いえ、スライムが含まれたものを直接口にする忌避《きひ》感などないのですか？」

「あなたが安全だと保証する品だから、ぜんぜん平気よ」

にっこり微笑《ほほえ》みかけながら答えると、ガブリエルは脱力《だつりょく》したようにぐったりうな垂れる。

「フラン、あなたという女性《ひと》は……！」

「私、変なことを言ったかしら？」

「変……ああ、そうかもしれません。普通は、スライムを使った製品なんて、使いたくないでしょうから」

そうかしら？　と首を傾《かし》げる。

スライムを使った焼き物は、長年ガブリエルが試作品を作り、自分で使っていたらしい。体に影響などないし、見た目でスライムを使っているとはわからない。ガラスみたいに透明で、きれいなカップにしか見えなかった。

「もしも何か影響があったとしても、ガブリエル、あなたがなんとかしてくれるのでしょう？」

「ええ、もちろん。フランに何かあったら、全力で助けます」

「だったら大丈夫じゃない」

ガブリエルの手を握《にぎ》り、安心させるよう気持ちをそのまま伝える。

「あなたの研究はすべて安全で、すばらしいものだわ。私が保証するから、信用してくれないかしら？」

「うっ……！　そのように言われてしまうと、これ以上、意見できなくなります」

「そうでしょう？」

ガブリエルは深く長いため息を吐く。

「私は心配し過ぎるのでしょう。自分でも、どうかと思うくらいです」

「そんなことないわ。私が前向き過ぎるから、あなたは少し心配性《しんぱいしょう》なくらいでいいと思うの」

「私とフランは足して二で割ったら、ちょうどいい、ということですか？」

ガブリエルが気付いた真理に、私は深く頷《うなず》いたのだった。

なんて話をしている間に、プルルンが紅茶を淹《い》れてくれたようだ。

『ふたりとも―、ひといき、ついて―』

「プルルン、ありがとう」

「いただきます」

紅茶を飲むと、爽《さわ》やかな気持ちにさせてくれる。今ではすっかり飲み慣れた味だった。

「料理を作るのも、大変だったでしょう？」

「いいえ、楽しかったわ。実は、披露宴で出す料理の試作品なの」

スライム大公家の料理長や義母と一緒に考えたメニューである。

「いろいろ作ってみたから、味を見てくれるかしら？」

「わかりました。楽しみです」

もっとも苦労した、スープから味わってもらう。保温の呪文《じゅもん》がかけられた魔法瓶《まほうびん》に入れてきたものを器に注ぐ。

「家禽《かきん》のだし汁《ストック》で作った、薬味草のコンソメ・スープなの」

料理の決め手となるストックは、料理の基礎《フォン・ド・キュイジーヌ》と呼ばれ、宮廷《きゅうてい》料理には欠かせないものだ。

「これは家禽一羽《わ》をまるごと煮込《にこ》んだ、料理長自慢のスープみたい」

家禽一羽に鶏《とり》ガラと香味《こうみ》野菜や薬草、塩、コショウを加えコトコトじっくり煮込む。

白濁《はくだく》したスープは一度漉《こ》して、冷えるのを待つ。表面に浮《う》かんだ脂《あぶら》を除去し、ミルクとバター、小麦粉でとろみをつける。最後にスプリヌ地方に自生しているパセリ、エストラゴン、チャービル、チャイヴなどの薬味草を刻んだものを加えたら完成だ。

「みんなで力を合わせて作ったの。どうぞ召し上がれ」

「ええ、いただきます」

ガブリエルが口にするのを、ドキドキしながら見守る。

「これは――おいしい！　口当たりがよく、濃厚《のうこう》なのにくどくなくて、味に深みがある。ミルクやバターを使っているからか優《やさ》しい味わいで、小さな子どもから大人まで楽しめるスープだと思います」

ガブリエルの感想を聞いて、ホッと胸をなで下ろす。

「よかった。実は、幅広《はばひろ》い年齢層《ねんれいそう》の人達がおいしいと思えるスープを、と思って考えたの」

義母は豪勢《ごうせい》なエビのスープがいいと主張し、料理長は子牛のスープしか考えられない、と訴《うった》えていた。

けれども私は、親しみがあってホッとできるような、素朴《そぼく》なスープがいいのではないか、と提案したのだ。

「招待客は貴族だけではないから、料理で物怖《ものお》じしてほしくないの」

こういう視点を持っているのは、私が下町暮らしをしていて、ご近所様と交流をしていたからなのかもしれない。

「一度、お隣《となり》さんに料理を教えてほしいってお願いしたら、貴族様に食べさせる料理は知らないよって言われてしまったことがあって」

かつての私が口にしていた料理は、すべての人達が食べているわけではないと知ってしまった瞬間であった。

「そのときになって初めて、ガチョウの肝臓《かんぞう》やトリュフ、キャビアが高級品で、普通に働いて得た給金ではとうてい買えないという現実を目《ま》の当たりにしたわ」

貴族以外の人々にとって、宮廷料理は一食で給金一ヶ月分に相当するような、高価で格式張った料理、という認識《にんしき》なのだ。

「このスープだったら、スプリヌ地方の名産である家禽や薬味草をふんだんに使っているから、親しみある味になっていると思うの」

「そこまで考えていたんですね」

「もちろんよ」

まずはスープで胃を温め、ほっこりしてもらったところで、前菜に移ってもらうのだ。

ガブリエルがおいしいと絶賛してくれたので、かなり自信がついた。

続いて、バスケットに詰《つ》めてきた料理を紹介《しょうかい》する。

「前菜はジャガイモのふくらし揚《あ》げに、カブの蒸《む》し煮《に》、マッシュルームの詰め物、ニンジンの甘露煮《かんろに》、エビのジュレ固め――」

メインの魚料理はザリガニの薬草煮、白身魚のクリームグラタン、マスの香味揚《こうみあ》げ、エビのスフレ。肉料理は家禽のパイ、鶏《にわとり》の丸焼き、子羊のロースト、串焼《くしや》き肉。

どれも一口大に切り分け、少しずつ味見できるようにしている。

「メインもスプリヌ地方で馴染《なじ》みのある食材を使った料理ばかりで、どれもすばらしいです」

食後のデザートは、まだ考えている途中《とちゅう》だ。今日はひとまず、一種類だけ作ってみた。

「クレープを作ってみたわ。中身はベリーソースなの」

皮はパリパリが命なので、可能であるならば、できたてを提供したい。なんて話をしていたら、ガブリエルが提案してくれる。

「会場に菓子《かし》職人を招いて、注文を受けてから生地を焼いてもらうのはいかがでしょう?」

「それだったら、本当においしいクレープを食べてもらえるわね！　すばらしい案だわ！」

ソースもいくつか準備して、好きな物を選べるようにしたらいい。きっと子どもから大人まで楽しんでもらえるだろう。

「ソースはガブリエルと契約しているスライムの色に合わせて用意したいわ」

「それはすてきな考えですが、黒や青は難しいのでは？」

「言われてみればそうね。黒はゴマでいけそうな気がするけれど、青は何かあるかしら？」

ここでプルルンが挙手し、意見する。

『あおさかなソース、はどう？』

「あ、青魚？　えっと、その、ありがとう。あとで検討してみるわね」

「フラン、素直《すなお》に青魚のソースはありえない、って言ったほうがいいですよ」

『むー！』

意見をいただけるだけでもありがたい。青魚については、別の料理で採用しよう。

「他にウェルカムスイーツも考えているの。一口でさっと食べられるお菓子がいいんだけれど、どんなお菓子があるかしら？」

「そうですね、フランが作る物はどれもすばらしくおいしいのですが、強《し》いて言うのならば、以前、下町の菓子店《かしてん》で委託販売《いたくはんばい》していたような焼き菓子がいいですね」

「あれこそ、庶民《しょみん》が愛するお菓子なのよ」

当時作っていたお菓子は、姉アデルと慈善《じぜん》活動をしていた時代に修道女から習った、昔ながらのレシピである。

始めたころはぜんぜん売れなくて落ち込んでいたのだが、ある日を境に突然完売するようになったのだ。

私は単純に喜んでいたのだが、後日、ガブリエルが買い占《し》めていたことが明らかになったのだ。なんでも姉が婚約破棄《こんやくはき》され国外追放になったときに、彼《かれ》も会場にいた。けれども、姉と同じように糾弾《きゅうだん》される私を助けられなかった罪悪感から、助けるつもりでお菓子を買ってくれていたらしい。

「ふふ……今となっては、下町で暮らしながら、毎日お菓子を焼いていた時代が懐《なつ》かしく感じるわ。あのときガブリエルが購入《こうにゅう》してくれたお菓子は、使用人にも分けていたの？」

「まさか！　ぜんぶ大切に味わっていました」

「でも、かなりの量があったでしょう？」

「食品保存に特化した保冷庫を作って、きっちり保管しておりましたので」

「そ、そう」

委託《いたく》するたびに買い占めていたと、菓子店で働く友人のソリンから聞いていた。まさか一人で食べていたとは、驚《おどろ》きである。

「フランと知り合う前は、フランが作ったお菓子を口にする時間だけが幸せでした。それまで甘《あま》い物はほとんど食べたことがなかったのですが、本当に、おいしかったんです」

「ガブリエル、ありがとう」

菓子店に納品していたのはスフレに、バターケーキ、メレンゲ焼きにビスケットなど。

「一気に作れるお菓子ばかりだから、ウェルカムスイーツにぴったりね。ガブリエル、あなたのおかげで、イメージが膨らんできたわ」

「お役に立てたようで何よりです」

ピクニックを楽しむだけでなく、披露宴についての話も煮詰《につ》まった。充実《じゅうじつ》した時間だった。

あとは屋敷に帰るばかりなのだが、ガブリエルが少し待つように言う。

「どうかしたの？」

「実は、真珠養殖の試作をしていたんです」

なんでもエミリーから預かっていた母貝に分けてもらった核《かく》を入れ、状態変化のスライムが美しさを保つ湖に沈《しず》めていたらしい。

湖のほとりに打ち込んでいた杭《くい》の紐《ひも》を引くと、網《あみ》に入れられた三つの母貝が姿を現す。

ガブリエルは母貝を手に取り、特別な魔法液に浸《つ》ける。すると、母貝が咳《せ》き込むような動作をした。

何度か繰り返すうちに、ペッと何か吐き出した。

「これは、真珠だわ！」

「ええ！」

真珠を吐き出した母貝は粉末状の魔石を溶かした水の中に入れる。ここで三日間浸けたあと、再び湖に戻され、半年間の休息期間に移るらしい。

「真珠を作ったあとの母貝は破棄《はき》されるようですが、なんとか生きたまま再び真珠作りに使えないか、考えてみたんです」

今回、試作に使った母貝は、エミリーから譲《ゆず》り受けた個体である。もしも成功したら、飼育下にある他の母貝を貸してくれるようだ。

ドキドキしながら、結果を見守る。

ガブリエルが真珠を手に取り、水分を拭う。試作品第一号のオーロラ真珠である。

「こ、これは――」

「えーっと、なんと言ってよいのやら……」

言葉に詰まってしまったのは、真珠が完全な真円ではなく、大きく歪《ゆが》んでいたから。

しかも、色合いは美しいオーロラではない。少しくすんだ白、と言えばいいのか。

他の真珠も確認《かくにん》してみたが、ひとつ目と変わらない。

「ねえ、ガブリエル。これはどういうことなの？」

「わかりません。調べてみれば、何か判明するとは思いますが」

一晩あれば、解析《かいせき》できるという。

ひとまず、試作品を持ち帰って原因を探《さぐ》るようだ。

「すみません、これまで楽しくピクニックをしていたのに、最後の最後でこのような結果を披《ひ》露《ろう》してしまって」

「いいのよ。最初から上手くいくなんて、ありえないのだから」

「それもそうですね」

くすんだ色合いの真珠だって、スプリヌ地方産だと思えば、愛おしく見えてくる。

「すごいわ。スプリヌ地方でも、真珠が作れるのよ」

「言われてみれば、そうですね。まさか、この土地の湖に真珠を作れる潜在能力《ポテンシャル》があったなんて、驚きですから」

その後、転移魔法で帰宅し、義母にも結果を報告する。

真珠の試作は思っていた結果ではなかったものの、結婚式の料理の方向性がバシッと決まったので、いい一日だったと言えるだろう。

◇◇◇

翌日——ガブリエルが真珠の試作についての調査結果を教えてくれた。

「真珠が真円ではなく、歪んだ形になってしまった原因は、おそらくオーガ大公領とスライム大公領の水質の違いでしょう」

同じ淡水《たんすい》でも、環境の違いによってまったく同一ではないらしい。

「一度、オーガ大公領の水質を調べる必要があります」

「だったら、エミリーに水を送ってもらえないか、頼んでみるわ」

「お願いします」

そんなわけで、その日のうちにエミリーに手紙を送り、水を手配してもらうこととなった。

荷物が届くのを待っていたら、やってきたのはワイバーン便の配達員ではなく、エミリー本人だった。

「まあ、エミリー様、直接やってくるなんて、いったいどうしたの？」

いつもの元気溌剌《はつらつ》としたエミリーではなかった。どこか疲《つか》れているような、ぐったりとした印象がある。

「先触《さきぶ》れもなく、いきなり訪問してしまって、申し訳ありません」

「私達、お友達でしょう？　ぜんぜん問題ないわ」

ひとまずエミリーを客間へと誘《さそ》い、話を聞いてみることにした。

顔色が悪かったエミリーだったが、温かい紅茶を飲み、湖水地方のアヒル堂の新作スイーツである木苺《きいちご》のミル・フイユを食べたあとは、だいぶ元気を取り戻した。

「やっぱりフランセット様のお菓子はとってもおいしいです」

「よかった。実はそのお菓子、お客様にふるまうのは初めてだったの」

「そうだったのですね！　なんだか得した気分です！」

いつものエミリーになったので、少しだけ安堵《あんど》する。

「それで、何かあったのですか？」

突然《とつぜん》やってくるなんて、ただごとではないだろう。きっと何かあったに違いない。

エミリーは表情を曇《くも》らせ、俯《うつむ》く。

「実は、実家が少々面倒《めんどう》な事態になりまして……」

それはエミリーだけの問題ではなく、私達にも関係のあることだった。

「真珠の養殖技術を余所《よそ》に売りたいと、主張し始めたんです」

スライム大公家に真珠養殖の方法を伝授していることは、一族には秘密にしていたらしい。オーガ大公家の権限で、ひっそりと進めていたようだ。

しかしながら、ある日、エミリーの伯父《おじ》があることに気付いた。

「伯父が真珠養殖について書いてある書物がない、と騒《さわ》ぎ始めたんです。一族の中で犯人捜《さが》しを始めたので、私が隠《かく》し場所を変えたと言ったのですが、今、実物を見たいと喚《わめ》くように言うものですから、耐えきれなくて……」

ちょうどワイバーン便がやってきたので、一緒に乗せてくれないかと頼みこんだようだ。

エミリーは伯父から逃げるように、スプリヌ地方へやってきたというわけだった。

「あの口ぶりだと、買い取る人に目処《めど》がついていると思うんです」

エミリーはどこの誰《だれ》かもわからない相手に、真珠養殖の技術を売るつもりはないと言う。

「伯父は本当にしつこくて……」

「大変だったのね」

「ええ」

ほとぼりが冷めるまで、スプリヌ地方で過ごしたらいいのではないか。そう提案するも、エミリーは首を横に振《ふ》る。

「そんなことをしたら、伯父がここまで押《お》しかけてくるので、逆に迷惑《めいわく》がかかります」

「でも、心配よ」

「平気です。なんたって、私はオーガ大公ですから！」

年若い彼女《かのじょ》がオーガ大公である理由は、以前聞かせてもらった。

なんでもオーガ大公は領地にある巨大岩を動かせた者にのみ継承《けいしょう》される。

二十年もの間巨大岩を動かせる者はいなかったのだが、華奢《きゃしゃ》な美少女であるエミリーがついに動かしたのだ。

それにより、彼女は若くしてオーガ大公となったわけである。

ちなみに一族から他にも巨大岩を動かせる者が出た場合は、力比べをするらしい。

オーガ大公家の者達は、エミリーが動かせるなら自分にもできるだろうと巨大岩に挑《いど》んだ。

しかしながら、誰一人《だれひとり》動かせずに今に至っている。

つまりオーガ大公家には現在、彼女より力を持つ者はいないことになるのだ。

「あの、ちなみにエミリー様、平気と言った意味をお聞きしても？」

「それは、伯父に対して甘い顔を見せているのは今だけ、という意味です。これ以上、言葉が通じないのならば、力に任せて言うことを聞いていただきます」

しばし時間を置いて、考え直す時間を作ってあげたようだ。

「次に逆らうような態度を見せたら、容赦《ようしゃ》しませんせん」

「な、なるほど」

エミリーの華奢な体のどこに、巨大岩《きょだいいわ》を動かせるほどの腕力《わんりょく》があるのか。謎《なぞ》でしかない。

何はともあれ、問題を解決する力はあるようなので、それほど心配はないのだろう。

「それはそうと、湖のお水を持ってきましたよ」

「エミリー様、ありがとう」

「真珠、失敗したんですね」

「ええ、そうなの。ガブリエルは水質の問題だろうって」

「水質……あ！」

エミリーは何かに気付いたようで、ぽん！　と手を打つ。

「うちの領地の湖は湧《わ》き水《みず》からできたものなんです！　気候もスプリヌ地方とは大きく異なりますし、真珠が上手く育たないのは水質と環境の違《ちが》いで間違《まちが》いないのかもしれません」

ここから先の話はガブリエルにも聞いてもらったほうがいいのかもしれない。オーガ大公領の水が届いたら知らせてほしいと言われていたので、コンスタンスに彼を呼ぶよう命じた。

数分後――ガブリエルがやってくる。

「スライム大公、お邪魔《じゃま》しております」

「ええ、ようこそ」

「さっそくですけれど、こちらが約束していた湖のお水です」

「ああ、ありがとうございます。助かります」

まず、ガブリエルは試作した真珠をエミリーに見せる。

「こちらが、先日、領内の湖で作った真珠です。このように、歪んでしまいまして」

「まあ……！　こんな形の真珠は初めて見ます」

オーガ大公領でも、〝バロック〟と呼ばれる歪《いびつ》な形の真珠ができることがあるらしい。けれどもそれは他の真珠同様の照りや優美な線がある唯一無二《ゆいいつむに》の品として人気が高かったらしい。

その一方で、ガブリエルが試作した真珠は特有の美しい輝《かがや》きがない。

「成功とは言えない仕上がりでしょう」

「ええ、そうですね」

「水質に問題があるのではと推測できたものの、具体的なことは何ひとつわからない状況でして」

「一刻も早く調べたほうがよろしいかと」

ガブリエルは自作の水質検査キットを持ち込んでいたようで、早速《さっそく》オーガ大公領の水質を調べる。

薄《うす》いガラスに描いた呪文に水を垂らすと、魔法陣《まほうじん》が浮かび上がる。それを見たガブリエルが、「そういうわけでしたか」と言葉を漏《も》らした。

それは驚きというよりも、彼の中の推測が確信に変わった、という意味合いのように思えた。

「オーガ大公領の水には、ほんの少し塩が含《ふく》まれているようです」

「ガブリエル、それって、湖が淡水ではなかった、ってことなの？」

「いいえ、淡水で間違いありません」

淡水は完全な真水を示す言葉ではないらしい。塩分濃度《のうど》がごくごく僅《わず》かな場合でも、淡水と呼ぶようだ。

「ガブリエルが言っていた、水質の問題で間違いないわけね」

「ええ」

オーガ大公領の湖は僅かに塩分を含み、また雪解け水からできた湖である。

「エミリー様達が住んでいる領内は、冬は寒い地域、だったかしら？」

「そうなんです。その間、湖は厚く凍《こお》ってしまうので、育てている母貝はすべて湖から回収し、水槽《すいそう》に移すのですよ」

「なるほど」

この辺りの湖は薄氷《はくひょう》ができることはあるものの、お昼前にはすべて溶《と》けてしまうらしい。

オーガ大公領とスライム大公領は、環境がまったく異なるようだ。

「おそらく母貝がスプリヌ地方の湖の環境に順応できず、真珠を作るどころではなかったのだと思われます」

水質検査の結果、ガブリエルはオーガ大公領内に生息している貝で真珠を養殖することは難しいだろうと結論づける。

「オーガ大公領の湖や気温を再現した施設を造ることも可能ですが、それだと時間がかかりすぎます」

結婚式には到底《とうてい》間に合わないのだろう。

「やっぱり、結婚式に合わせて真珠を養殖するのは無理な話だったのね」

「いいえ、無理ではありません」

ガブリエルにはまだ策があるようだ。

「母貝がこの地の湖に順応できないのであれば、順応できるスプリヌ地方の貝を探せばいいだけの話なんです」

その手があったか、と彼の言葉を聞いて初めて気付く。

「真珠って、どんな貝でも作れるの？」

「ええ。基本的に、殻《から》を持つ貝であれば、体内の異物を排除《はいじょ》しようという性質は持っているようです」

ただし、殻の裏に美しい照りがある貝でなければ、市販《しはん》されているような真珠は作れないらしい。

「スプリヌ地方にある湖にも、真珠層を持つ貝が生息しているはずなんです」

「それを探して、母貝にすればいいのね」

「ええ」

暗雲漂《ただよ》う真珠の養殖計画に、希望の光が差し込《こ》んでくる。

エミリーも喜んでくれた。

「スプリヌ地方産の真珠ができる日を、心から楽しみにしております」

「次は、いい報告をしますので、待っていてください」

これから村の案内でもしようかと思っていたのに、エミリーはオーガ大公領に戻ると言う。

「そんな！　もっとゆっくりしていったらいいのに」

「お二人とも、結婚式のご準備で忙《いそが》しいでしょうし、領内に残した伯父が好き勝手していたら困るので、早めに戻ります」

家にあった湖水地方のアヒル堂のお菓子をかき集め、エミリーにお土産《みやげ》として渡《わた》した。

ガブリエルも、村で人気のスライム製品をお土産として贈《おく》ったようだ。

「わあ！　お水を持ってきただけなのに、こんなにたくさんいただいて」

「わざわざ来てくださったんですもの。当然だわ。ねえ、ガブリエル？」

「もちろんです」

エミリーは満面の笑《え》みを浮かべ、ワイバーンに乗って帰って行った。

彼女を見送ったあと、ガブリエルは「さて」と言って私のほうを見る。

「フラン、今から湖へ貝探しに行きますが、いかがしますか？」

「ついていくわ」

プルルン率いる五色のスライムも同行するようだ。

珍《めずら》しく、アヒルのアレクサンドリーヌも同行したいのか、私の足元でガアガア鳴いている。

「あの、ガブリエル。この子も一緒に行きたいようなんだけれど」

「問題ありません。連れて行きましょう」

そんなわけで、アレクサンドリーヌとそのお世話係であるニコも同行する。

私は汚《よご》れてもいいエプロンドレスに着替《きが》え、髪《かみ》もしっかりまとめておいた。

身なりが整ったので、ガブリエルと共に湖を目指す。

移動は転移魔法だったので、一瞬《いっしゅん》で景色が入れ替《か》わる。そこはガブリエルが幼少期に父親と一緒に遊んだという湖だった。

湖面には当たり前のようにスライムが涼《すず》しげな様子でぷかぷか浮かんでいた。

アレクサンドリーヌは警戒心《けいかいしん》が強いので、湖を見つけても入りたがらない。キリッとした顔で、その場に佇《たたず》んでいた。

ニコはあまりスライムが多い場所にやってこないようで、湖を見て「ひええ」と声をあげている。

「フランセット様、スライムがこんなにたくさんいるのに、怖《こわ》くないのですか？」

「怖いけれど、ガブリエルが守ってくれるから平気よ」

「あら～、愛ですねえ」

改めてそう言われると、なんだか照れてしまう。

ガブリエルも私達《たち》の会話が聞こえていたのか、耳の端《はし》っこが若干《じゃっかん》赤くなっていた。振り返った顔は平然としていて、眼鏡のブリッジを押し上げながら湖について説明してくれる。

「ここの湖も、私が子どものときは比較的《ひかくてき》きれいだったんです」

年々、スライムの生息数が増えているのは腹立たしい現実だとガブリエルは憤《いきどお》っていた。

「父がスライム大公だった時代は、討伐《とうばつ》活動なんてさほどしていなかったのに、私の代にはどうしてスライムがたくさんいるのか……！」

湖はスライムだらけで、油断ならない。スライム達は皆《みな》、気ままに過ごしているように見えるものの、視線はしっかり私達のほうを向いている。うっかり気を抜《ぬ》いたら襲《おそ》いかかってくるのだろう。

「まずはスライムをどうにかしますか」

ガブリエルは緑のスライムを掴《つか》むと、湖に向かって投げた。『あ～～れ～～！』という悲鳴を上げつつ、口から水草を吐《は》き出す。

湖に浮かんでいたスライムはすべて水草に引っかかり、囚《とら》われた状態になった。

黄色のスライムは縄のように細長く変化し、黒いスライムが縄状になった黄色いスライムを掴むと、先端《せんたん》を水面に広がった水草に投げつける。

黄色いスライムは水草をがっちり掴み、残ったスライム達でぐいぐい引いていった。

あっという間に、スライムは水草ごと陸へ打ち上げられる。

アレクサンドリーヌは動けないスライムを脅威《きょうい》ではないと判断したからか、嘴《くちばし》で猛烈《もうれつ》に突《つ》き始めた。すぐさま、ニコがアレクサンドリーヌを抱き上げて制止する。

「アレクサンドリーヌ、スライムは動けなくても、危険なんですよ！」

注意されたアレクサンドリーヌは、ニコの腕《うで》の中でジタバタと暴れる。まだ戦いたかったようだ。

「皆、少し下がっていてください。スライムに止《とど》めを刺《さ》します」

黄色いスライムが前に躍《おど》り出て、電気を流す。すると、スライム達は一網打尽《いちもうだじん》というわけだった。

電撃《でんげき》を受けたスライムは固まってしまった。続けて攻撃《こうげき》を加えると、そのままの状態で息絶える。それらのスライムはガブリエルがのちほど回収し、なんらかの商品に利用するようだ。

そんな感じで、あっという間に倒《たお》してしまった。

ニコは「おー！」と声をあげ、アレクサンドリーヌは勝利のひと鳴きなのか、ガアガアと元気よく鳴いていた。

私もそれにつられて、固有スライム達を賞賛する。

「みんな、見事なスライム漁だわ！」

褒《ほ》められた固有スライム達は、照れたように『えへへ』と笑う。その様子はどことなくガブリエルに似ていた。

先日、ガブリエルは湖をきれいにしていく活動の一環《いっかん》で、水草を回収させていたらしい。それが再度、役に立ったわけだ。

青いスライムが湖に潜《もぐ》り、隠れているスライムを探っていく。それらもきちんと討伐し、他のスライムが近付かないよう魔物除《まものよ》けの魔法をガブリエルが展開させた。

「これで、ゆっくり貝が探せますね」

なんでもガブリエルは幼少期、父親と一緒に湖で水遊びをしていたらしい。

「本来は親戚《しんせき》で集まって、狩猟《しゆりよう》大会を開いていたんです。けれども父はそういったものが苦手でして」

スプリヌ地方を去ったガブリエルの父親について、彼が触《ふ》れるのは珍しい。

きっと義母が気にしている手前、あまり話題に出さないようにしていたのだろう。

「父は非常に大人しい気質で、銃《じゅう》を握って獣《けもの》を狩《か》るよりも、本を読んで知識を得ることに喜びを感じるような人だったようです」

出世欲もなく、目立つことも望まず、極《きわ》めて控《ひか》え目《め》な男性だったらしい。

「狩猟大会で集まる日は、他の家の子ども達は留守番でしたが、父は違いました」

ガブリエルの父親は銃を置いていく代わりに本を持ち、傍《かたわ》らにはガブリエルを連れて出かけていたのだとか。

「湖にはどんな生き物が生息しているのか、本を片手に説明してくれたんです」

それだけでなく、実際に捕《ほ》獲《かく》し、生態について学ばせてくれたようだ。

「魚や蛙《かえる》を釣《つ》り、水鳥を観察し、貝を発見する――そのどれもが私には新鮮《しんせん》で、楽しい思い出でした」

ガブリエルの容貌《ようぼう》は義母似だが、性格は父親譲りなのだろう。

「フラン、私の性格は父に似ていると、思いませんでしたか?」

「思っていたわ」

「やっぱり」

「いやなの?」

「いえ、父の性格は領主向きではなかったので、私もそうなのかと思ってしまっただけです」

「あなたは立派に領主を務めているわ。お父様も、きっとそうだったはず」

「まあ、母と私は父に捨てられてしまったわけですが」

義母は「夫はスプリヌ地方の自然が性に合わなかったようで、出てゆきました！」などと言っていたが、ガブリエルの話を聞く限り、そんなことはないと思ってしまう。

本を持って出かけるなど、自然を愛していないとできないだろう。

「今、振り返ってみると、父はスライム大公家の親戚付き合いが苦手だったのかな、と思いました。その、父がいた当時は、大叔父《おおおじ》がのさばっていましたから」

「ああ……」

ガブリエルの従妹《いとこ》や大叔父は個性的な人ばかりだった。慣れない土地で、スライム大公の地位を任され、一族の長として統率力《とうそつりょく》を発揮するというのは、難しいことなのかもしれない。

「大人になった今ならば、ここを出て行った父の気持ちも、少しではありますが、理解できるような気がします」

父親がいなくなった結果、ガブリエルは若くしてスライム大公となった。

なぜいなくなったのか、と恨《うら》みに思う瞬間《しゅんかん》もあったと言う。

「父に会いたいという気持ちはありませんが、どこかで元気で幸せに暮らしてほしい、という望みはあります。もしかしたら、無責任で酷《ひど》い言葉に聞こえるかもしれませんが」

「あら、ガブリエル、奇遇《きぐう》ね。私も父に対して、同じことを思っているわ」

父に散々迷惑をかけられた身としては、恨みをぶつけるほどの怒《いか》りはないものの、他人に迷惑をかけないで生きていてほしい、と思っている。

「まさか、フランも父親に対して、同じように考えていたとは」

「私達、気が合うわね」

「本当に」

互《たが》いに父親に対する複雑な気持ちを語ったところで、早速貝探しを開始することとなった。

スライムがいなくなると、湖は少しきれいになったようだ。

ガブリエルは防水加工した長靴《ブーツ》ごと、湖に入る。

アレクサンドリーヌも安全が確認できたからか、湖に飛び込んでいた。ニコも彼女のあとに続く。

「アレクサンドリーヌ、遠くに行ってはいけませんからねー！　泳ぐのは、なるべく浅瀬《あさせ》でお願いしまーす！」

ニコが言っていることを理解しているのかはわからないが、アレクサンドリーヌは返事をするようにガアガア鳴いていた。

目視できるところには、小さな巻き貝があるようだ。

「これは真珠《しんじゅ》作りに向かない貝ですね」

真珠《しんじゅ》の養殖《ようしょく》に必要なのは、ある程度大きさのある二枚貝だ。

「ここって、二枚貝は生息しているの？」

「もちろん」

ガブリエルはその辺で拾った細い枝を、水の中に突き刺す。

「捕《つか》まえました」

「え⁉」

枝を引き抜くと、黒い二枚貝が先端に噛《か》みついていた。

ガブリエルは陸に上がり、枝から貝を引き抜く。

「この貝は真珠層を持っているはずです」

そう言って、ナイフの先端を殻にねじ込み、パカッと開く。

すると、内側は真珠と同じような照りを持っていた。

「よく知っていたわね」

「この貝はよく、魚釣《さかなつ》りの餌《えさ》にしていたんです。幼少期——五歳《さい》から六歳頃《ごろ》の曖昧《あいまい》な記憶《きおく》でしたが、間違いなかったようですね」

この黒い貝はスプリヌ地方にたくさん生息しているらしい。

「これならばきっと、真珠を作れるでしょう」

「きっとそうよ！」

スライムと共生していたので、状態変化のスライムがいる湖の水質とも相性《あいしょう》がいいはずだ。

「フラン、待っていてくださいね。他にも貝を探しますので」

「私も捕まえてみたいわ。どうやるの？」

「え⁉　しかし、服やフラン自身が汚れてしまいますよ」

「平気よ。濡《ぬ》れて泥《どろ》だらけになってもいい恰好《かっこう》でやってきたから」

膝下《ひざした》まである長靴には防水加工がされているし、スカートは少したくし上げたらいいだろう。

「そんなに深いところまで行かないから」

お願いと頼《たの》みこむと、ガブリエルは「はーー」とため息を吐く。

「だめ？」

「いえ、一緒《いっしょ》にやりましょう」

言っても聞かないと判断されたのだろうか。ガブリエルは少し呆《あき》れた様子で、私に貝の捕まえ方を伝授してくれた。

「まず、半分泥に埋《う》まった貝を探すんです」

そのまま捕まえようと手を伸《の》ばすと、あっという間に泥の中に潜り込んでしまうらしい。

そこで、木の枝を使うようだ。

「貝は呼吸するため、少し殻が開いているんです。そこに枝の先端を差し込むと、殻が閉まります」

このタイミングで枝を引いたら、もれなく貝が釣れる。

「以上が貝の捕まえ方です」

「わかったわ、ありがとう。やってみるわ」

プルルンと一緒に、貝探しに挑む。

スカートは少したくし上げ、腰《こし》の辺りで結んでおいた。

ここでガブリエルから注意を受ける。

「フラン、そのような姿を他の人の前で晒《さら》してはいけませんからね」

「わかっているわ」

「私の前でも危ないくらいなのに」

「何か言った？」

「いいえ、なんでもありません」

プルルンは聞こえたのか、私に伝えようとしたものの、ガブリエルは慌《あわ》てた様子で口を塞《ふさ》いでいた。

いったい何を言っていたのやら。

二人の様子が愉快《ゆかい》だったので、これ以上は聞かないことにする。

湖に入るのは初めてだった。恐《おそ》る恐る、足を踏《ふ》み入れる。

水底はぬかるんでいて、立ち止まったらずぶずぶと沈んでいく。ぼんやりしていたら、足を取られてしまいそうだ。

転ばないよう、しっかりとした足取りで進んだはずなのに、足が抜けない。

『フラー、へいき？』

「ええ、だいじょう――きゃあ!!」

「フラン!!」

体のバランスを崩《くず》した瞬間、ガブリエルが私の腰を抱《だ》き寄せてくれる。

「あ、ありがとう」

「足を取られやすいので、気をつけてくださいね」

「わ、わかったわ」

その後、私は六色の固有スライム達に取り囲まれる。少しでも体が傾《かたむ》こうものなら、皆が触《しょく》手《しゅ》を伸ばし、支えてくれるのだ。

「み、みんな、ありがとうね」

『いえいえー』

『みんなで、まもるからー』

『あんしんして』

『ささえるよー』

『きにしないでねー』

『がんばれー』

しばらく歩き回っていると、泥にも慣れる。もう大丈夫《だいじょうぶ》と言おうとしたが、ガブリエルが心配そうに私を見ているのに気付いてしまった。

彼を安心させるためにも、皆と一緒にいたほうがいいのだろう。

湖を覗《のぞ》き込むも、水が濁《にご》っていてどこに貝が潜《ひそ》んでいるのやら、という感じだった。

いっこうに発見できないからか、プルルンが湖に潜って探し始める。

『ぷは！』

貝を発見したようで、『ここにあるよー』と教えてくれた。

「えーっと、どこかしら？」

『ここ、ここー』

泥の中は貝だけでなく石も多いので、なかなか判別できないでいた。

緑のスライムが辺りを漂う水草を吸い取ってくれたおかげで、水底が見えやすくなる。

「あ、いたわ！」

ようやく泥に半身が埋まった貝を発見する。ガブリエルが話していたとおり、殻が少し開いていて、呼吸しているようだ。

そこに枝の先端を差し込むと、すぐに殻が閉じた。

『いまだー！』

プルルンが叫《さけ》んだタイミングで、枝を引く。すると、貝が釣れた。

「採れたわ！」

私の拳大《こぶしだい》ほどの、大きな貝である。固有スライム達はパチパチと拍手《はくしゅ》してくれた。

「ガブリエル、見て」

「立派な貝です」

「ええ、本当に！」

私がたったひとつの貝と奮闘《ふんとう》している間に、ガブリエルは十個ほど採っていたようだ。

ニコもアレクサンドリーヌのあとを追いながら、五つ発見したらしい。

「この子が、貝があるところを教えてくれたんですよー」

「あ、あの子にそんな才能があったのね」

思いのほか、たくさんの貝が採れた。

「まだ試作段階ですので、これくらいで十分でしょう」

泥抜《どろぬ》きしたあと、真珠の養殖《ようしょく》用の湖に移すらしい。

青いスライムが口からぴゅうと出した水で貝の泥を落とす。カラスの濡れ羽色《ばいろ》のような、美しい光沢《こうたく》を持つ貝であった。

「ねえ、ガブリエル、この貝はなんて名前なの？」

「そ、それは……」

ガブリエルは明後日の方向を見て、少し悲しげな様子だった。

父親との切ない記憶が甦《よみがえ》ってきたのだろうか。

「ごめんなさい、言いにくいことだったかしら？」

「いえ……なんと申していいものか、迷っていたんです。実はこの貝、通称《つうしょう》〝ドブ貝〟でして」

なんでも田畑の水はけをよくする水路に生息していたことから、スプリヌ地方の領民達がそう呼んでいるのだとか。

「幼少期にこの貝を見たとき、美しいと思って持ち帰ったんです。しかしながら貝を見た庭師が、〝坊《ぼっ》ちゃん、これはドブ貝ですよ〟なんて言うものですから」

幼少期のガブリエルは、きれいだと思って持ち帰ったものに酷い名前がついていると知り、大きな衝撃《しょうげき》を受けたらしい。

「この貝を使って真珠を作ったら、領民はドブ貝真珠なんて言いそうだな、と考えてしまって、言葉が出てこなかったのですよ」

「そうだったのね」

まさか、ドブ貝なんて通称があったなんて。

ちなみに正式名称《めいしょう》は、〝湖水黒貝《こすいくろがい》〟らしい。

「他の地方にはない、スプリヌ地方だけに生息する固有種みたいです」

「そうなの⁉　だったら、養殖に成功したら、唯一無二の真珠になるのね」

「ええ。ですので、もしも完成したら、フランにすてきな名前を付けていただこうかなと」

「考えておくわ」

皆が思わず手に取りたくなるような名前を考えておこう。

「さて、久しぶりにドブ貝を持ち帰りますか」

「……ガブリエル、笑わせないでちょうだい」

「フランが笑ってくれると思って狙《ねら》いました」

「もう！」

彼《かれ》の面白《おもしろ》い発言のせいで、本来の名前が記憶から吹《ふ》き飛んでしまう。

うっかりドブ貝と呼ばないように気をつけないといけないだろう。

ニコやアレクサンドリーヌにも、しっかり口止めしておいたのだった。

◇◇◇

皆で集めた湖水黒貝は、状態変化のスライムが水質を管理する湖に順応してくれたようだ。

「ガブリエル、まずは大きな第一歩ね」

「ええ」

続いて、母貝となる湖水黒貝の中に真珠の核を挿入《そうにゅう》する作業に取りかかる。

今回は私も参加させてもらった。

「まずはこの箱に母貝を入れ、口を開くように促《うなが》します」

それは貝をひとつずつ入れるよう区切られた容器であった。

「口を上に向けると、呼吸がしにくくなるようで、大きく殻が開くんです」

開いた母貝に杭《くい》を差して殻が閉まらないようにし、そこから真珠の素となる核《かく》を入れていく。

「核を入れたあとの母貝はダメージを負っているので、粉末状の魔石《ませき》を溶かした水に浸《つ》け、しばし養生していただきます」

時間にして半日ほどだという。母貝が回復したら、今度は網《あみ》に並べ、湖に沈《しず》める。

そこから三日から七日ほどで、真珠が完成するのだ。

ガブリエルがお手本として作業を見せてくれたので、説明を聞くだけでなく、目からもしっかり学ぶ。

「湖水黒貝の殻の端は鋭いので、手を切らないようにしてくださいね」

「ええ、わかったわ」

三つの核入れを見て覚えたあと、私も挑戦《ちょうせん》してみた。

料理で貝を扱《あつか》ったことはあれど、真珠の養殖を目的に手にするのは初めてである。

母貝をなるべく傷付けないように、慎重《しんちょう》な手つきで作業を進めていく。

プルルンが右手のスライム灯で私の手元を明るく照らしてくれた。左手では、拡大鏡を母貝に当ててくれている。

「プルルン、フランにはずいぶんと手厚い助手を務めているのですね。私がしていたときは、ただただ傍観《ぼうかん》していたくせに」

『やるきがなくて、ごめーん』

「気が利《き》かないのではなく、やる気の問題でしたか！」

『うん、そう！』

ガブリエルとプルルンの会話を聞いていたら、笑ってしまい、手元がぶるぶる震《ふる》えてしまう。

早くしないと、母貝に負担がかかるというのに。

精神統一し、プルルンとガブリエルのやりとりに耳を傾けないようにしよう。

気合いを入れ、ピンセットで小さな核を摘《つ》まむ。

核は一般的《いっぱんてき》な真珠よりも一回り小さいくらいなのに、非常に掴みにくい。

プルルンから『がんばれー』という、私の集中を邪魔しない控え目な応援《おうえん》を聞きつつ、なんとか核を掴んで母貝に入れることに成功した。

母貝から杭を引き抜き、養生用の容器に入れてあげる。

「ふう、なんとかできたわ」

「初めてにしては上出来です」

いつの間にか、ガブリエルは背後で見守ってくれていたようだ。

問題なくできていたようで、ホッと胸をなで下ろす。

「このままの勢いで、続けていきましょう」

「そうですね」

一時間ほどで、全部で十個の核入れを終えたのだった。

◇◇◇

私とガブリエルの結婚式《けっこんしき》当日に開催《かいさい》されるお祭りについて、村長側から名前の案が封書《ふうしょ》で届いた。かなり自信があるようで、すでにひとつに絞《しぼ》られている。

ドキドキしながら封筒《ふうとう》を開いていくと、そこには〝領主ガブリエル様とフランセット様の結《けっ》婚《こん》を祝した、愛あるお祭り〟と書いてあった。

それを見た瞬間、がっくりと脱力《だつりょく》してしまう。

「は、恥《は》ずかしすぎるわ！」

まさか私達の名前を冠《かん》した祭りになっているとは、夢にも思っていなかったのだ。

ガブリエルは先日、お祭りは毎年行うものにしたい、と話していた。

〝第二回・領主ガブリエル様とフランセット様の結婚を祝した、愛あるお祭り〟なんぞ開催されてしまった日には、恥ずかしくて参加などできないだろう。

ニコとリコ、ココを呼んで村長が考えた名をどう思うか聞いてみた。

「あー」

「これは」

「なんと言っていいのやら」

「率直《そっちょく》な意見を教えてほしいの」

三人は視線で会話しているようだった。さすが三つ子である。心が通じ合っているのだろう。

私とガブリエルの名前が入っているので、言いにくいだろう。そう思っていたが、リコが代表して言ってくれた。

「正直に申しますと、これは領主様やフランセット様だけでなく、領民である私達も恥ずかしくなるような名前だと思います」

「そうよね。私の認識《にんしき》は間違っていなかったわよね？」

ニコとリコ、ココは同時にこくんと頷《うなず》く。

「村長からの手紙には、あくまでも案のひとつであって、もしも他にいい名前があれば、それを採用したいって書いてあったわ」

つまり、〝領主ガブリエル様とフランセット様の結婚を祝した、愛あるお祭り〟以外の名前を考えなければならないようだ。

「お義母様やガブリエルは、こういうのを考えるのは苦手そうだから、私達だけで代案を出すしかないわ」

何かいいアイデアはないか、と問いかけるも、三人とも視線を宙に泳がせている。

「なんでもいいのよ。具体的なお祭りの名前ではなく、キーワードでもいいから」

意見を促すと、ニコが遠慮《えんりょ》がちに挙手する。

「そのー、領民に愛されるような名前がいいと思います」

さらに、リコもアイデアを述べる。

「身近にあるものを称《たた》えるのはいかがでしょうか？」

ココは皆の意見に頷きつつ、自分ができることを言ってくれた。

「私、お祭りの看板を描きます！」

「いいの？」

「はい、お任せください」

「嬉《うれ》しいわ。ありがとう」

彼女らのおかげで、イメージが固まりつつあった。

普段《ふだん》から領民に愛されている、身近にあって、ココがお祭りの意匠《いしょう》として描きやすいもの。

何かないかと考えていたら、私の膝《ひざ》に座《すわ》っていたアレクサンドリーヌがガア！　と鳴いた。

ここで、ピンと思いつく。

「そうだわ。家禽騎士《かきんきし》隊に感謝を込めたお祭りにするのはどう？」

アヒル舎見学の観光ツアーが新たに発表されたあとだったので、いい宣伝にもなりそうだ。

動物好きなニコは、ぽん！　と手を打って私のアイデアを絶賛する。

「フランセット様、すばらしい着想かと！　家禽騎士隊の者達も喜びます」

リコもいいと思ったようで、こくこくと頷いていた。

「具体的な名前は……そうね。どうしましょう」

〝家禽騎士隊祭〟だとそのまんま過ぎるのか。

悩《なや》んでいると、リコが助言してくれる。

「いえ、それくらいシンプルでわかりやすいほうがいいと思います」

リコの意見に、ニコもこくこくと頷く。

ココはペンと手帳を取りだし、ざっくりとしたイメージを描き始めた。

「フランセット様、このような感じで、お祭りの看板を描きたいのですが、いかがでしょうか？」

それは板金鎧《よろい》に身を包んだ家禽騎士が、凜々《りり》しい表情でアヒルを抱いた絵であった。

「すてきだわ。これにしましょう」

と、進める前に、まずはガブリエルや村長の承認《しょうにん》を得ないといけない。

「ココ、その絵をいただいてもいいかしら？　説得の材料に使いたいの」

「もちろんです」

そんなわけで、お祭りの名前についてはなんとかなりそうだった。

ひとまず村長宛《あて》に手紙を書き、ニコに託《たく》す。リコにはお祭りのアイデアについてまとめたものを、ガブリエルに届けるように頼んだ。

ココには看板に使う材料を買っておくように命じた。

無事、問題が片付いてホッとしたのも束《つか》の間《ま》のことである。結婚式までにやることは山のようにあるのだ。

今日は何に取りかかろうか。なんて考えていると、コンスタンスが銀の盆《ぼん》に載《の》せた手紙を運んできてくれた。

「フランセット様、帝国《ていこく》よりお手紙が二通、届きました」

「ありがとう。下がってもいいわ」

コンスタンスは恭《うやうや》しく一礼し、部屋から去って行った。

帝国からの手紙と言えば、母と姉からの返信だろう。

招待状を作るさいに、最優先で作成したのがこの二人だった。

姉は皇太子妃《ひ》で、すでに数年先までスケジュールが組まれているような忙しい人だ。

そのため、早めに知らせておいたのである。

私は姉の結婚式に参加できなかったのに、招待状を送ることになってなんだか気まずい。

姉は優《やさ》しい人なので、怒《おこ》ることなどないだろう。わかっているが、それでもビクビクしてしまった。

まずは母からの手紙を開封《かいふう》しよう。

そこには、結婚式の一週間前にスプリヌ地方にやってくる、と書いてあった。

その一文を見て、サ――――ッと血の気が引いた。

てっきり結婚式の前日か当日にやってくるものだと思っていたのに、想定していたよりも早い。

結婚式前でバタバタと忙しい期間の滞在《たいざい》が、義母の負担になりやしないか、ハラハラしてしまう。

なんとなくだが、母と義母の相性がいいとは思えないのだ。

義母には早い段階で話をしておいたほうがいいだろう。

もう一通、姉からの手紙を開封した。中には結婚を祝福する言葉と、結婚式を楽しみにしているというメッセージがあった。

それ以外にあったのは、スプリヌ地方へやってくるタイミングについて。

結婚式当日かもしれない、などと考えていたのだが、姉は母と一緒に、一週間前にやってくるらしい。

それだけでなく、私が下町の平屋で貧乏暮《びんぼうぐ》らしをしていたことを、誰《だれ》かが姉に報告したようだ。なぜ、助けを求めなかったのか、と追及《ついきゅう》するような言葉が書き綴《つづ》られていた。

今も下町で暮らしていたら、無理矢理《むりやり》にでも帝国へ連れて行っていた、とある。

いったい誰が私の暮らしを調べ、姉に報告したのか。

思い当たる人物は、母が派遣《はけん》した、父の世話をさせている従僕《じゅうぼく》アンドレしかいない。彼は密《みっ》偵《てい》の役割も担《にな》っていて、情報収集はお手のものなのだ。

父がアンドレに、私が暮らしていた様子を語って聞かせた可能性もある。

口止めしておくべきだった、と反省した。

それよりも、まさか姉や母が早めにスプリヌ地方へやってくるなんて……！

もちろん、再会できるのはとてつもなく嬉しい。

姉が国内の貴族に嫁《とつ》いでいたならば、久しぶりにゆっくり話せそうだ、と手放しに喜んでいただろう。

ただ、私と姉、母を取り巻く環境《かんきょう》はここ数年で大きく変わってしまった。

大好きな姉や母と会うにも、双方《そうほう》の国にあるしがらみがまとわりつく。

帝国からやってくる皇太子妃である姉と、王妹である母に、実の家族を迎《むか》えるかのごとく、気楽に滞在してもらうわけにはいかないのだ。

きっと、王都から要人だってやってくるに違《ちが》いない。

アクセル殿下《でんか》であれば歓迎《かんげい》だが、それ以外の外交官が押《お》し寄せる可能性もある。

誰かが密告していた、下町での貧乏暮らしの件も、姉から追及を受けるだろう。

さまざまな問題について、考えるだけで頭がズキズキと痛んだ。

「ううう」

『フラー、だいじょうぶー？』

プルルンが私を心配そうに覗き込みながら、伸ばした手を額に当てる。

『フラのおでこ、あつぃよお』

「そ、そう？」

プルルンの手がひんやりしていて心地《ここち》よい。なんて言ったら、額にぴったりと張り付いてくれた。

『プルルン、フラのおでこ、ひえひえに、しておくねえ』

「なんだか頭がスッキリしたような気がするわ」

「ありがとう」

気合いを入れて、返事を書かなければ。

腕まくりしたところで、ガブリエルがやってきた。

「フランセット、帝国から手紙が届きました――か？」

ガブリエルはプルルンが私の額に張り付いていたので、目を丸くする。

「プルルン、何をしているのですか！」

「違うの。私の頭を冷やすために、プルルンにお願いしたのよ」

「熱でもあるのですか？」

「いえ、そうじゃなくて」

少し休んだほうがいいのかもしれない。ガブリエルをお茶に誘《さそ》い、話をすることにした。

コンスタンスが淹《い》れてくれた紅茶と、昨日の晩に焼いたベリータルトを囲む。

頭は冷えたので、プルルンにお礼を言って膝の上に乗せておいた。

紅茶とベリータルトを堪能《たんのう》してから、本題へと移る。

「――というわけで、姉と母が結婚式の一週間前からやってくるようなの」

「それはそれは」

ガブリエルも姉の結婚式に不参加だったことが心残りだったようで、少し気まずげな様子だった。

「帝国の皇太子妃と会うこと自体緊張《きんちょう》するのですが、それがフランの姉君ともなれば、震えが止まらないような気がします」

「姉は優しい人よ。心配なんていらないわ」

結婚式に参加できなかった件に関しても、姉ならば気にしないで、と言ってくれるだろう。

「でも、正直に打ち明けると、私も結婚式に参加できなかった件については、少し罪悪感を覚えているのよ」

「まさか出発の日に、嵐《あらし》が訪《おとず》れるなんて夢にも思いませんから」

ちなみにガブリエルの転移魔法《まほう》は一度行き来した場所にしか行けないらしい。あの魔法も万能《ばんのう》ではないというわけだった。

「一度、アカデミーに在籍《ざいせき》していた時代に、帝国に留学しようって話があったので、そのときに無理矢理にでも行っておけばよかった、と今さらながら後悔《こうかい》しています」

留学は出発の一週間前に中止となった。ガブリエルの父親が家を出て行ってしまったことが明らかとなり、ガブリエルは急遽《きゅうきょ》、アカデミーがある王都からスプリヌ地方へ戻《もど》ることになったらしい。

「アカデミーはしばしの休学期間を経て、きちんと卒業したのですが、留学の件だけは今でも悔《く》いに思っています」

帝国は我《わ》が国《くに》よりも魔法文化が広く知れ渡《わた》っており、魔道具《まどうぐ》の技術も発達しているらしい。スプリヌ地方の発展のため、誰かに弟子《でし》入りしたかった、とガブリエルは当時を振《ふ》り返る。

「ただ、留学していたら、フランに出会った夜会には参加していなかったでしょう」

「運命の巡《めぐ》り合わせに感謝しないといけないわ」

「本当に」

結婚式に行けなかったので、あとから帝国に渡り挨拶《あいさつ》に伺《うかが》おう、という話をしていた。けれども義母から結婚直後は忙《いそが》しいだろうから、もう少し時間を置いたほうがいい、と助言を受けていたのだ。

結婚式に招待するより前に帝国へ行かなければ、とも考えていたのだが、バタバタしていて暇《ひま》がなかった。

「気がかりなのは結婚式に行けなかった件だけではなくて、下町での貧乏暮らしもバレてしまったようで……」

「話していなかったのですか？」

「ええ、黙《だま》っていたの」

姉や母は本邸《ほんてい》暮らしのような生活はできずとも、別邸《べってい》規模の屋敷《やしき》に父と住んでいると考えていたらしい。庶民《しょみん》同様の暮らしをしていたとは、夢にも思っていなかったのだろう。

「どちらにせよ、姉や母とは会わなければならなかったのだから、腹を括《くく》っておくわ」

「私も覚悟《かくご》を決めておきます」

ひとまず、返信の手紙と共に、何か贈《おく》り物をしよう。

「何がいいかしら？」

ガブリエルが発明したスライム製品か、それとも磁器工房《こうぼう》の職人が作った食器のセットか。

「スプリヌ地方を代表する、どちらかの品にしようと考えているのだけれど」

「私はフランが手作りしたお菓子《かし》がいいと思います」

「それはどうかしら？」

帝国にはおいしいお菓子が山のようにある。姉のもとにも、毎日のようにたくさん届けられるだろう。

「フランにとって、菓子作りは下町で暮らしていた成果と言いますか、頑張《がんば》りの象徴《しょうちょう》だと思うんです。貴族街を出て、下町で暮らして、どんなことを感じ、何を得たのか、きちんと話したら、姉君も理解してくれると思うんです」

「そう、かもしれないわ」

姉の書いた文章が、少し怒っているように感じたのは、私が事実を隠《かく》していたからかもしれない。

私が望んで下町で暮らしていたと知ったら、責められることもないような気がする。

「私がお菓子と一緒に、きちんと手紙で伝えてみるわ」

「ええ、それがいいかと」

「ガブリエル、ありがとう。あなたに相談して、よかったわ」

「お力になれたようで、よかったです」

気付かないうちに、姉に迷惑《めいわく》や心配をかけないように、何も言わなくなっていたのだろう。

大切なのは、きちんと思いを伝え合うことだというのに。

「ずっと一緒に育った家族なのに、遠慮してしまうなんて不思議ね」

「その気持ちはわかります。私も母に心配をかけたくないので、以前は隠《かく》し事《ごと》ばかりでしたから」

今はそんなことなどなく、ガブリエルはなんでも義母に相談しているらしい。

私がやってきてからというもの、義母が思っていたよりも頼《たよ》りになると気付いたようだ。

「母とよく話すようになると、どうして今まで避《さ》けていたんだろう、って、自分が信じられなくなったんです」

私と姉の関係も、そうなのではないか、とガブリエルは考えていたようだ。

「なんと言いますか、世界で二人だけの姉妹《しまい》ですので、すれ違うのはもったいないな、と思ったわけです」

「そのとおりだわ」

ガブリエルは一人っ子なので、姉がいる私が羨《うらや》ましいらしい。

「兄弟や姉妹がいるのって、どんな感じなんでしょうか？」

「そうね、なんと言ったらいいのか。私の場合はお手本のような姉だったから、他の姉妹とは事情が違うだろうな、と思っているのだけれど」

姉は常日頃《つねひごろ》から凛《りん》としていて美しく、大人相手でも臆《おく》することなどない、立派な女性だった。

通常、王族の結婚相手は他国の王族の中から決める。貴族の娘《むすめ》が指名されるなど、長い歴史の中でも例がなかった。国王の臣下である貴族の娘との結婚は、場合によっては貴賤結婚《きせんけっこん》だと囁《ささや》かれてしまう。

姉の場合は幼少期より、圧倒的《あっとうてき》な王妃《おうひ》の器として周囲から認められていた。それゆえに、他国の姫君《ひめぎみ》を差し置いて、マエル殿下の婚約者《こんやくしゃ》に選ばれたのだ。

もちろん母が帝国の元皇女だったことも抜擢《ばってき》の理由かもしれないが、ほんの後押《あとお》しに過ぎなかっただろう。

「優秀《ゆうしゅう》な姉と比べられて辛くなかったの？　なんて聞かれることもあったけれど、考え方や生きる世界が違い過ぎて、自分を同列に並べて比べようと思ったことは一度もなかったわ」

「なるほど。兄弟や姉妹がいたら、普通《ふつう》は比べてしまうものなのですね」

「そうみたい」

「私に弟や妹がいたら――まったく想像できませんね」

「あらそう？」

プルルンと会話をしていると、妹に接するように見えてしまう。

「あなたとプルルン、本当の兄妹《きょうだい》みたいだわ」

「プルルンと私が？」

「ええ」

ガブリエルとプルルンは親友のような、兄妹のような関係に思える。

「そう見えるのであれば、兄としてもっと威厳《いげん》を示さないといけませんね」

私の膝の上で微睡《まどろ》んでいたプルルンがハッと目を覚まし、『いげんって、なにー？』と質問を投げかける。

「その意味をわからせてやろう、という話です」

『そうなんだー。どうぞ』

いきなり威厳を示してください、と言われても難しいのだろう。ガブリエルはゲホンゲホンと咳払《せきばら》いするだけで、動きが止まってしまった。

「こういうのって、意識してできるものでもないのよね」

「本当に、その通りです」

プルルンは小首を傾《かし》げながら、ガブリエルの空になっていたカップに紅茶を注いでいた。

話が大きく逸《そ》れてしまったものの、ガブリエルに相談したおかげでスッキリした。

「ひとまず、姉にはお菓子を焼いて、手紙にも素直《すなお》な気持ちを書いてみるわ」

「応援していますね」

「ありがとう」

ガブリエルはこれから、真珠の養殖をしている湖の様子を見に行くらしい。

「以前よりはいい仕上がりのように思います」

母貝の殻《から》の表面はツヤツヤしていて、明らかに前回よりも状態がいいらしい。

これは期待できるのではないか、と思ってしまう。

「プルルン、行きますよ」

『いや！　プルルン、フラと一緒にいる！』

「そう言うと思っていましたよ」

ガブリエルは盛大《せいだい》なため息を吐《つ》きながら、転移魔法の魔法陣《まほうじん》を展開させる。

「プルルン、フランに迷惑をかけてはいけませんよ」

『わかってるー。いってらっしゃーい！』

「テイムされた精霊《せいれい》とは思えない発言ですね」

呆れた表情を浮《う》かべるガブリエルを、手を振って見送る。

「ガブリエル、いってらっしゃい」

「ええ、いってきます」

ガブリエルがいなくなった途端《とたん》に、ハッと気付く。私ばかり喋《しゃべ》っていて、彼の話を聞けずにいた。

それだけ心に余裕《よゆう》がなかったのだな、と今になって自覚する。

心の内を素直に打ち明けたからか、スッキリとしていた。

これもすべてガブリエルのおかげである。

彼も心配事や悩みを抱《かか》えているだろうから、今度は私が話を聞く側に回らなければ。

きっと簡単に打ち明けてはくれないだろうが、それでもガブリエルの傍《そば》に居続け、応援し続けることが大事なのだろう。

このところ、仕事にばかり集中していて、心労が溜《た》まっていたのかもしれない。

時には気分転換《てんかん》も必要だ。

「アデルお姉様に贈る、お菓子の試作でもしようかしら？」

『プルルンも、おてつだい、するー！』

「ありがとう。お願いね」

プルルンと共に気合いを入れ、台所に向かう。

スライム大公家にある厨房《ちゅうぼう》とは別に、私のためにガブリエルが新しく作ってくれた台所がある。

大理石の床《ゆか》に白い琺瑯《ほうろう》製の調理台、鮮《あざ》やかな赤レンガの窯《かま》、オーク材で作られた瀟洒《しょうしゃ》な食品棚《だな》。世界一美しい台所ではないか、と個人的には思っている。そんな台所で作るのは、姉との思い出のお菓子。

『フラン、きょうは、なにをつくるのー？』

「ギモーヴよ」

養育院で姉と作った思い出のあるお菓子だ。

あれは何年前だったのか。

私が七歳か八歳くらいの頃に、姉のあとをちょこまかとついて回っていたのだ。

侍女《じじょ》から外出先までついていってはいけない、と叱られていたのだが、その日だけは姉が同行を許可してくれたのだ。

向かった先は養育院。そこには乳児から成人に近い者まで、五十人近くの子どもが共同生活を送っていた。姉は週に一度、養育院で慈善《じぜん》活動をしていたのだ。

姉は慣れた手つきで掃除《そうじ》をし、洗濯《せんたく》もしていた。

掃除や洗濯が初めてだった私は、箒《ほうき》が重いだの、井戸水が冷たいだの、文句ばかり口にしていたような気がする。

そのたびに姉は「屋敷にいるメイドも、こういう思いをしながら仕事をしているのよ」と優しく諭《さと》してくれたのだ。

一通り仕事が終わると、姉は決まってお菓子作りをしていたらしい。

お菓子は子ども達《たち》が口にするものではなく、養育院に隣接《りんせつ》している教会で販売《はんばい》するものだった。なんでも寄付と引き換《か》えに、お菓子を渡しているらしい。それで得たお金が、養育院で暮らす子ども達の生活費となるのだ。

その日、姉はギモーヴを作ると言っていた。

ギモーヴは教会で販売されているお菓子の中でも人気があり、一時間もしないうちに完売するらしい。

修道女《シスター》曰《いわ》く、姉が作ったものは特においしいと評判で、すぐに売れてしまうようだ。

私もやってみたくなり、姉に教わりながらギモーヴを作った。

けれども、完成したのはギモーヴとは言えない液体状の何か。

つまり、大失敗だったわけである。

しょんぼりと落ち込《こ》む私に、姉は「最初から上手《うま》くできる人なんていないわ」と励《はげ》ましてくれる。

さらに、姉は「私だって、最初に作ったお菓子は大失敗だったの」なんて話を打ち明けてくれた。

完璧《かんぺき》な姉が失敗するなんてありえない。とても信じられなかったのだが、修道女も当時の思い出を語っていた。当時、八歳《さい》だった姉は泣きじゃくり、なだめるのが大変だった、と。

湖を泳ぐ白鳥は優雅《ゆうが》に見えて、水の中では必死に足をばたつかせている。それと同じで、頑張りというものは他人に見せるものではないのだ、というのが姉の考えだった。

あのときの姉は、十歳にも満たなかっただろう。

なぜ、あのように達観した物言いができたのか。不思議でならない。

ただ、失敗や挫折《ざせつ》とは無縁《むえん》だと思っていた姉が、裏ではとてつもない努力をしている人だと知った。

その後、私は姉と共に養育院に通うようになり、掃除に洗濯、料理を覚えた。

ただ、ギモーヴだけは姉より上手く作ることができずに今に至っている。

あれから数年経《た》って、私もお菓子作りの技術が向上していた。今ならば、きっとおいしく作れるだろう。

ちなみにギモーヴ作りに挑《いど》むのは幼少期以来だ。

あれからたくさんお菓子を売ってきたのに、ギモーヴだけは避けていたのだ。

失敗が怖《こわ》い、というのもある。

けれどもなぜ、あのときに失敗してしまったのか、今ならわかる。

レシピだって、頭に叩《たた》き込んであったので、難なく思い出すことができるのだ。

今回はきっと上手くいく。自分にそう言い聞かせながら、作ってみよう。

「そんなわけで、ギモーヴを作るわ！」

『おー――!!』

プルルンと手を合わせて気合いを入れたあと、ギモーヴ作りに挑む。

せっかくなので、スプリヌ地方のよさがわかるようなギモーヴにしたい。

先日プルルンと一緒《いっしょ》に完成させたベリー・ピューレや、スライム・ゼラチンを混ぜて作ってみよう。

スライム・ゼラチンというのは、ガブリエルが開発した、スライムを食品に使えるよう浄化《じょうか》し、粉末状に加工したものだ。湖水地方のアヒル堂でも、先月からゼリーやプリンに使っている。

「まずはスライム・ゼラチンを水に溶《と》いて、よく混ぜる」

その作業はプルルンにお願いする。

『まかせてー！』

プルルンは泡立《あわだ》て器《き》を器用に握《にぎ》り、スライム・ゼラチンをくるくる混ぜていた。

続いて、鍋《なべ》に牛乳と砂糖、水飴《みずあめ》、ベリー・ピューレを入れて、火にかける。

鍋の外側がふつふつ煮立《にた》つまで加熱したあと、スライム・ゼラチンを入れたボウルに投入。

泡立て器で素早《すばや》くかき混ぜる。

以前作ったときは、この工程を失敗してしまったのだ。

プルルンにお願いしたらすぐにできるだろうが、ここは私がやってみたい。

「ねえ、プルルン、私、頑張るから見守ってくれる？」

『もちろん！』

ふんわりするまで泡立てたあと、バニラオイルを加えてさっくり混ぜる。

仕上がった生地《きじ》は、油を薄《うす》く塗《ぬ》って打ち粉を振った型に流《なが》し込む。

常温になるまで待ったら、ギモーヴの完成だ。

「プルルン、上手くできたわ！」

『わーい！』

無意識のうちに避けていたギモーヴ作りを、なんとか終えることができた。

深く安堵《あんど》したのは言うまでもない。

まだ成功とは言えない。もっとも大事なのは、味と食感だろう。

ひとつ、味見をしてみよう。

ドキドキしながらギモーヴを食べた。

もっちもちの生地を頬張《ほおば》ると、ベリーの甘酸《あまず》っぱさが口の中にジュワッと広がっていく。さっぱりとした風味で、とてもおいしい。

「プルルンのおかげで、ギモーヴが作れたわ」

『よかったねー！』

嬉しさのあまり涙《なみだ》ぐんでしまった私を、プルルンが優しく抱《だ》きしめてくれる。

このギモーヴならば、自信を持って姉のもとへ届けることができるだろう。


夕食後――ガブリエルと共に食後のお茶を囲む。

ここで、昼間に作ったギモーヴを出してみた。

「ガブリエル、これ、アデルお姉様の贈り物にどうかと思って作ったギモーヴなの。試食してくれる？」

「ええ、わかりました」

秋採れベリーのピューレと、スライム・ゼラチンを使っていると説明する。

ギモーヴを摘まんだガブリエルが、ハッと驚《おどろ》いたような表情を浮かべた。

「どうかしたの？」

「いえ、このようにやわらかいギモーヴは初めてだったものですから」

そうなのだ。修道院で習ったギモーヴは、通常の物よりもふわふわしていて、スライムみたいにぷるぷるしている。食感ももちもちなのだ。

「スライム・ゼラチンを使っているから、余計に通常のギモーヴよりもやわらかいのかもしれないわ」

「そうなのですね」

スライム・ゼラチンは無味《むみ》無臭《むしゅう》で、お菓子本来の風味を邪魔《じゃま》しない。

市販《しはん》されたら、きっと人気を博すだろう。

「それにしても、ついにスライム・ゼラチンが帝国に渡ってしまうのですね」

「ええ、そうよ」

ガブリエルがスライム・ゼラチンの話をした当初、構想はあるが、受け入れてもらえないだろうと言っていたのだ。

たしかに、魔物喰《まものく》いは禁忌《きんき》である。

けれどもスライム・ゼラチンはきちんと浄化されたうえに、スライムからゼラチン質だけを抽出《ちゅうしゅつ》したものである。

アクセル殿下を通して国に商品申請《しんせい》し、安全も保証されている。

スライム・ゼラチンを使ったお菓子も、湖水地方のアヒル堂では大人気だ。

「きちんとスライム・ゼラチンを使ったお菓子だって説明を入れるから大丈夫《だいじょうぶ》よ」

「それを聞いて安心しました」

ガブリエルがギモーヴを試食する様子を、ドキドキしながら見守る。

「では、いただきます」

「どうぞ、召《め》し上がれ」

ガブリエルがギモーヴを頬張った瞬間《しゅんかん》、大きく目を見開いた。

もぐもぐ噛《か》みしめ、ごくんと飲《の》み込む。

「フラン、これは世界一おいしいギモーヴです！」

「本当？」

「ええ、嘘《うそ》は言いません！」

ガブリエルのお墨付《すみつ》きをいただき、ホッと胸をなで下ろす。

「湖水地方のアヒル堂で販売したら、大人気になること間違《まちが》いなしでしょう！」

「だったら、お店の職人にも味見してもらおうかしら？」

「ええ！」

ガブリエルのおかげで、自信を持って姉のもとへギモーヴを送れる。きっと喜んでもらえるだろう。

と、私の話はこれくらいにして、ガブリエルが見に行った母貝の様子はどうだったのか。

「あなたのほうはどうだったの？」

「ああ、そうでした。報告しようと思っていたのですが」

ガブリエルは懐《ふところ》から、ハンカチの包みを取りだした。

「今日、母貝から真珠《しんじゅ》を取りだしてみたんです」

十分育っているだろうと判断したらしい。

ハンカチの中にあったのは、美しい真珠かと思っていたが――違った。

核《かく》にコーティングされた真珠層はまだらで、大きく歪《ゆが》んでいた。

「残念ながら、今回も上手くいかなかったようです」

「いったいどうして？」

「推測に過ぎないのですが、今度は核に問題があったのかな、と」

母貝に挿入《そうにゅう》した核は、エミリーから分けてもらったオーガ大公領で採れた貝から作ったものである。

「おそらくですが、貝に含《ふく》まれる魔力《まりょく》の質や、湖の環境などが合わずに、真珠層の機能が思うように働かなかったのでしょう」

「だったら、核もスプリヌ地方にある物で作ったほうがいいってこと？」

「はい。私もそうすべきだと考えていたところでした」

オーガ大公領では、大型の貝から核を作っていた。スプリヌ地方では、核が作れそうな大型の貝は存在しない。

「ひとまず、湖水黒貝を粉末状にして丸めた物を、核として入れてみようと考えています」

すでに核の試作は完了《かんりょう》していて、明日にでも仕込《しこ》みに行くようだ。

「養殖《ようしょく》の話を聞いたときは、すぐに作れるだろう、って簡単に考えていたのですが、ぜんぜんだめですね」

「そんなことないわ。一歩一歩、いい方向に進んでいると思うの」

もしも真珠が結婚式に間に合わなかった場合は、ガブリエルが作ったスライム水晶《すいしょう》で婚礼衣《こんれいい》装《しょう》を飾《かざ》ればいい。

ぜったいにきれいになるだろう。

若干《じゃっかん》、自信を失いかけているように見えたので、ガブリエルの手を握って訴《うった》えた。

「あなただったら必ずできるわ」

「フラン、ありがとうございます」

瞳《ひとみ》に光が宿ったように見えたので、ガブリエルはもう大丈夫。

「私にも何かできるかしら？」

「では、一緒に核になりそうな素材を探していただけますか？」

「もちろん！」

なんでもガブリエルは、湖水黒貝から作った核で上手くできるとは考えていないらしい。

「真珠は貝が異物だと判断したものから守る過程でできるので……」

そこに含まれる魔力なども関係するので、ただ真円の異物を挿入すればいい、というわけでもないわけだ。

「何か核に使えそうな素材は、あるかしら？」

「同じ湖にある物を、と考えているのですが……」

水底にある石や、甲殻類《こうかくるい》の殻、泥《どろ》など、ガブリエルはすでに核の素材をいくつか想定しているらしい。

「湖にある物、ね……。なかなか難しい課題だわ」

「水中にある硬い物は限られていますからね」

幸いと言うべきか、ガブリエルは母貝の回復を早める魔法を編み出しているらしい。

それを使えば、数ヶ月の休息期間を必要としない。母貝に負担をかけることなく、試作品を作れるわけだ。

「ガブリエル、無茶《むちゃ》はしないでね」

「もちろんです。体を壊《こわ》して倒《たお》れてしまったら、フランに心配をかけてしまいますので」

健康を第一に、無理なく進めていこう。

抱擁《ほうよう》しあい、約束を交《か》わしたのだった。


義母から、暇があれば少し話をしたい、と相談される。いったい何を話そうというのか。義母からそのように頼《たの》まれるのは初めてだったので、その日のうちに時間を作る。

「フランセットさん、今日は大丈夫なのですか？　忙しいのではなくって？」

「やらなければならない仕事は終わりましたので」

「そ、そう」

義母は落ち着かない様子で紅茶を飲み、は──と深く息を吐いた。

「その、もうすぐジュリエッタの誕生日で、何か贈り物を、と思っているのですが」

「まあ、すてき！　きっとお喜びになるかと」

「そ、そうでしょうか？」

もちろんだと深々と頷《うなず》く。

「ジュリエッタが結婚《けっこん》してから、一度も贈り物なんてしていなくて、今さらではないか、と思ってしまったものですから」

そんなことはない、と首を横に振る。それどころか義母からの贈り物を貰《もら》ったモリエール夫人が、飛び上がって喜ぶ様子が目に浮かぶ。

「フランセットさん、ジュリエッタは何を贈れば喜ぶでしょうか？」

「う－ん」

義母がモリエール夫人を想《おも》って一生懸命《いっしょうけんめい》選んだ品ならば、なんでも喜びそうだが……。

私に相談してくるということは、考えたけれど選べなかったのだろう。そう思って、具体的なアドバイスをしてみた。

「モリエール夫人は華《はな》やかな品がお好みなので、磁器職人に頼んで、スミレの花のティーセットを作ってもらうのは？」

「スミレのティーセットだなんて、思いつきませんでした。きっと、ジュリエッタは喜んでくれるでしょう」

さっそく、義母は注文してみるという。

「フランセットさん、ありがとうございます！」

「お役に立てて何よりです」

義母の表情が明るくなったので、よかったと思ったのだった。

◇◇◇

それから数日経ち、湖水黒貝の核を入れた母貝から、真珠を取り出す。

結果は、成功とは言えないものだった。

すでに想定していたからか、ガブリエルは他の素材で作った核を仕込む。

私もひとつだけ、魚の骨から核を作ってみた。

今度こそ、成功しますように……なんて、神頼《かみだの》みしかできなくなっていた。

状態変化のスライムは湖の主としての自覚が目芽えたようで、真珠の養殖にも協力的らしい。

ガブリエルがやってきたら、母貝を入れた網《あみ》を地上へ上げ、母貝を傷付けずに真珠を取り出すという技術を習得したようだ。

それを見たガブリエルが、スライムに真珠の挿入や摘出《てきしゅつ》をやらせたら、母貝の負担がなくなることに気付いたと言う。

真珠養殖《しんじゆようしょく》の作業をスライムにやらせたら、効率的なのではないか、と閃《ひらめ》いたようだ。

「始めは領民の雇用《こよう》を考えていたんです」

しかしながら、真珠養殖はオーガ大公家が編み出した技術で、スプリヌ地方で広めていいものではない、とガブリエルは考えていた。

「どうすればいいのか、と考えた結果、スライムの手を借りることにしたわけですよ」

比較的《ひかくてき》手先が器用なスライムをガブリエルが厳選して使役《テイム》し、技術を伝授する。

すると、効率的に真珠作りの実験が行えるようになった。

「ガブリエル、すばらしいアイデアだわ！」

「ありがとうございます。ただ、真珠の養殖計画自体は、結果が出ていなくて……」

これまで仕込んだ核はすべて失敗していた。私が考えた魚の骨も同様に。そのどれもが、美しい真珠層でコーティングされていなかったのだ。

失敗の原因は、以前からガブリエルが言っていたように、核に含まれる魔力と母貝の相性《あいしょう》なのだろう。

「いったいどうすればいいのやら……」

試作が行き詰《づ》まってしまい、お手上げ状態になる。

「ひとまず、湖以外の場所から、核になりそうなものを探しますか」

「それがいいわ」

ただ、その辺に転がっている石ころでは、結果は同じだろう。

スプリヌ地方にしかない、特別な品であれば、真珠となりうるかもしれない。

「ここにしかない、ですか」

「ええ。きっと、母貝との魔力の相性もいいはず」

真っ先に思いついたのは、領内にある家の屋根に使われる粘板岩《スレート》である。

「粘板岩は水を吸《す》い込んでしまう性質があるので、防水加工が必要ですね」

屋根に使っている粘板岩と同じように、スライム塗料《とりょう》で水を防ぐようだ。

すぐにガブリエルは試作を開始した。

真珠の養殖の湖には、使役したスライムが大量にいた。

母貝の世話を行うスライムに、核の挿入を得意とするスライム、真珠の摘出を専門にするスライムや、母貝のケアを行うスライムなど、さまざまな役割を習得しているらしい。

その中に、素材を核に加工するスライムもいるようだ。

ガブリエルが呼び寄せるとぽんぽん跳《は》ねながらやってきて、素材を口に含む。

すると体内で真円に加工し、吐き出してくれる。

「三つ、試作品を作ります」

彼《かれ》がそう言うや否《いな》や、スライム達が寄ってきて、核を手に取り、すぐに殻の中へ入れ込む作業を行ってくれた。

「あとは三日から一週間ほど待つばかりです」

「ええ」

どうか成功しますように。願いを込めながら、母貝が湖に沈《しず》められていく様子を見守る。

「今度こそ……！」

そう呟《つぶや》くガブリエルの横顔は、どこか焦《あせ》りが滲《にじ》んでいるような気がした。そんな彼の背中を、優《やさ》しく抱きしめる。

「フラン？」

「ねえ、真珠が思うようにできなくても、思《おも》い詰《つ》めないで」

「ええ、わかっています。けれども、スプリヌ地方で作った真珠をまとって結婚式《けっこんしき》の日を迎えるフランを、どうしても見たくて」

それは彼の強い願望で、私がどうこう言えるものではない。

けれども、このままではガブリエルが自分自身を追い詰めてしまいそうで怖かった。

「私、あなたと結婚できるだけで幸せなの。ドレスはもちろん、結婚式もしなくていいと思うくらい、幸せだから」

だからどうか結婚式に間に合うよう、成功することだけを考えないでほしい。

「それだけが、今の私の願いよ」

「フラン、ありがとうございます」

振り返って微笑《ほほえ》む彼の表情から影《かげ》はなくなり、瞳に少しだけ光が差し込んだように見えた。

結果的に粘板岩を使った試作は失敗だった。

けれども、ガブリエルは以前のように落ち込んだ様子を見せず、次に行う試作に前向きな態度だった。

ここまで試作を繰《く》り返しても、真珠はできない。

諦《あきら》めるという言葉が脳裏《のうり》に浮かんだものの、首をぶんぶん横に振る。

私だけは、信じ続けないといけない。たとえ、結婚式に間に合わなくても。

スプリヌ地方でも養殖真珠《ようしょくしんじゅ》は作れる。

そんな希望を胸に、試作に挑むのだった。

◇◇◇

すでに季節は冬となり、春に行う結婚式まで残り四ヶ月となった。

当然ながら、養殖真珠は完成していない。

先日、スプリヌ地方特産の陶石を使った試作を行ったが、あえなく失敗。

ガブリエルは諦めていないものの、義母が婚礼衣装の装飾《そうしょく》を始めたいから、と痺《しび》れを切らしてしまう。

「母上、あと少しなんです」

「そう言って、すでに数ヶ月も経っているではありませんか！」

ガブリエルと義母はどちらも引かず、火花が散るような睨《にら》み会いを続けていた。

『二人とも1、けんかは、だめー!』

プルルンが仲裁《ちゅうさい》しているが、双方《そうほう》、聞く耳なんて持たない。

『けんかは、ふもうー、みのりがなーい』

「プルルン、そのとおりだわ」

『でしょー?』

ガブリエルと義母の間に割って入り、言い合いはやめるよう、和解を促《うなが》す。

「フランセットさん、止めないでくださいませ! この子は夢中になったら、成果が出るまでいつまで経っても諦めない子なんです」

「それはそうかもしれませんが、今回の研究はフランのためなんです! いえ、そうではありませんね。真珠の飾りをつけた婚礼衣装をまとうフランを見たい、という私の強い願望だと思っています。ここまで進んだのに、中止にするなんて、絶対にできません!」

どちらも引かない様子だった。

仕方がないので、折衷案《せっちゅうあん》を提案してみる。

「では、真珠の養殖は次の試作で最後、失敗したらそれまでにして、スライム水晶でドレスを作る、という方向性でよろしいでしょうか?」

にっこり微笑み、文句が出ないよう圧力をかけてみる。

すると、ガブリエルと義母はこくりと頷いてくれた。

わかってくれたようで、深く安堵する。

行った。

義母は扇《おうぎ》でガブリエルを指しながら、「次で最後ですからね!!」と宣言し、部屋から去って

ぱたん、と扉《とびら》が閉まると、ガブリエルが謝罪を始める。

「フラン、見苦しいところをお見せしてしまい、すみませんでした。売り言葉に買い言葉で、ついつい母とケンカしてしまって」

「平気よ。お互《たが》いを理解するために、言い合えるなんて、誰《だれ》にでもできることではないわ」

うちの家族がケンカしているところなんて、見た覚えがない。

母は父に何も期待しておらず、何かやらかしても見て見ぬ振りを貫《つらぬ》いていた。

父は家族に興味がなく、教育も母任せ。愛人が住む別邸にばかりいて、本邸に戻《もど》ってくるのは数ヶ月に一度くらいだった。私が何をしているのかさえ、父は把握《はあく》していなかっただろう。

姉は優秀で、怒《おこ》られるような行為《こうい》なんてするはずもない。絵に描いたような優等生だった。

幼少期の私はそれなりにお転婆《てんば》だったものの、面倒《めんどう》を見てくれたのは主に乳母《うば》や侍女だ。怒るのは、主に彼女達《かのじょたち》だったのである。

「そもそも常日頃から家族のことをしっかり見て、気にかけていなければ怒らないし、ケンカにもならないのよ」

「そう、なのかもしれませんね」

ただ、感情が高ぶるままに言い合った挙げ句、あとに引けない状況《じょうきょう》になるのは気まずいだろう。同じ家に住む家族なのだから、ほどよいところで折り合いを付けないといけない。

「フランがいなかったら、家庭内別居的な状況になるまで言い合いをしていたでしょう」

「家庭内別居ってなんなの？」

「一緒に住んでいるのに、半年くらい口を利《き》かない状況です。父がスプリヌ地方から出て行って、私が王都から戻ったあと、母としょっちゅうケンカをしていました。あのときが一番、仲が悪かったと思います」

ガブリエルの父が失踪《しっそう》し、急遽《きゅうきょ》、家を継《つ》がなければならなくなった。

二人とも想定外の状況に直面し、余裕がなかったのだろう。

「当時の私はアカデミーに在籍《ざいせき》中で、とにかく卒業したいのに母が戻ってくるように言うものだから、何もかも気に食わなくって、意味もなく当たり散らしていた気がします」

「大変な時期だったのね」

「ええ」

あれは間違いなく反抗期《はんこうき》だった、とガブリエルは振《ふ》り返る。

「問題だったのは、反抗期の私と同じ熱量で怒る母でした。どうして未成年の息子《むすこ》と同じように怒《いか》りを発散できていたのか、不思議でなりません」

「お義母様も反抗期だったのよ、きっと」

「ずいぶん遅《おそ》い反抗期ですね」

同じ熱量で言い合っていたからか、互いに申し訳なく思い、絶縁《ぜつえん》することはなかったらしい。

「苛立《いらだ》ちを発散する術《すべ》を知らなかったので、ケンカをしてくれた母には、今では感謝していますよ」

ガブリエルの話を聞いていると、姉は私を怒るだろうか、と考えてしまう。

姉は何度も、私に帝国《ていこく》に来るよう手紙を送ってくれていた。それを無視して、私は下町暮らしを続けていたのだ。

姉が感情を爆発《ばくはつ》させたところなんて、これまで見たことがなかった。

マエル殿下《でんか》から婚約破棄《こんやくはき》されたときだって、まるでそうなることがわかっていたかのように、冷静に対処していた。

再会しても、どうして言うことを聞かなかったのか、と真顔で問われるかもしれない。

姉にとって、私はどういう存在なのか。

きっと、理解しがたい子だと思っているに違《ちが》いない。

家族とケンカができるガブリエルが、ほんのちょっと羨ましくなってしまった。

なんて、考え事をしている場合ではなかった。

「それはそうと、ガブリエル、ごめんなさいね。試作はあと一回限りだなんて、勝手に決めてしまって」

「いえ、いいんです。もう万策尽《ばんさくつ》きている状態ですので、やってもあと一回か二回だろうな、と考えていました」

やはり、真珠の養殖は難しい。ここまで苦戦するとは夢にも思っていなかった。

あれからエミリーもスプリヌ地方へ何度か来てくれたものの、解決策は思いつかず……。

この地にしかない硬い物をいろいろ試《ため》してみたが、美しい真珠は完成しなかったのだ。

私達の心情を示すように、雨が降り始める。

しとしと降っていた雨は、どんどん勢いを増していった。

「天気まで悪くなるなんて、ついていませんね」

「雨期ではないのに、最近よく降るわね」

「本当に」

ザーザーと降る雨は、スライム達を活発化させるのだろう。

どうか観光客の人達が驚きませんように、と祈《いの》るしかない。

真珠の養殖用の湖は、ガブリエルが使役するスライム達が守っているので大丈夫だろう。

「それにしても、もう何を核にすればいいのか、わかりませんね。魔物《まもの》の牙《きば》や家畜《かちく》の角、カメの甲羅《こうら》に卵の殻……ネタが尽《つ》きました」

「そうね。スライム水晶を使った試作も上手くいかなかったし、もう固形の物で使えそうな素材は――」

そう口にした瞬間、外がピカッと光り、ドーン!!　と大きな音を立てて雷《かみなり》が落ちる。

「この雷で、スライムが少し減っているかもしれません」

「そういえば、雷属性が弱点だったわね」

雷の攻撃《こうげき》を受けたスライムは固形と化し、さらに攻撃を加えるとそのままの状態で息絶えるという、不思議な習性を持っている。

それを何かに利用できないか、ガブリエルは考えていたが――。

「あ!!」

「フラン、どうかしました?」

「ガブリエル、核にできる素材があったわ!!」

「な、なんですか?」

「雷を受けて息絶えた、固体化したスライムよ!!」

私と同じように、ガブリエルも「あ!!」と声をあげる。

「すっかり忘れていましたが、試してみる価値はあると思います」

「よかった」

使えないと言われたらどうしようかと思っていたのだ。

「そのままでは使えませんが、魔力を少し抜《ぬ》いて、浄化したら、問題ないかと」

さっそく核作りを行うようで、ガブリエルはスッと立ち上がる。

問答無用でプルルンを小脇《こわき》に抱え、部屋から出て行った。

私にできることは、ガブリエルを信じることだけだろう。

◇◇◇

翌日、私も真珠の養殖用の湖に同行した。現場ではスライム達が一生懸命作業している。

核の素材の形を真円に整え、完成した核は母貝に挿入していく。その後、母貝は網に並べられ、粉末状の魔石《ませき》を散布している湖に沈められていくのだ。

作業は人手に頼《たよ》らず、すべてスライムが行っていた。ガブリエルの指示を受けずとも、独自にできるようで、賢《かしこ》い子達だな、としみじみ思ってしまう。

真珠養殖の計画が立ち上がって、早くも三ヶ月が経った。

簡単にできるとは思っていなかったものの、思っていた以上に大変だった。

これで最後かと思うと、少し切ない気持ちになる。

それはガブリエルも同じだったようで、複雑な表情で湖を眺《なが》めていた。

「まだまだ時間はあるのですが」

「これ以上は難しいわ。結婚式が近付くにつれて、忙《いそが》しくなるんですもの」

「そう、ですよね」

しょんぼり肩《かた》を落とすガブリエルの手を、そっと包み込むように握る。

「ガブリエル、私ね、今回はなぜか、成功するような気がするの」

「本当ですか？　私はまったくしないのですが」

成功するかもしれない、と思う学術的な根拠《こんきょ》はまったくない。

「強《し》いて言うとしたら、ここがスライム大公領のスプリヌ地方だから、かしら？」

「これまでも、スライムを使った真珠作りは失敗しているのですが」

「ええ、そうね。でも、自信があるの」

今回に限っては、上手くできますように、と神に頼るつもりはなかった。

きっと美しい真珠ができる、という確信しかなかったのだ。

「昔から、私のこういう勘《かん》はよく当たるのよ」

「なるほど。私もフランが言うことであれば、なんでも信じることができるんです」

だんだんとガブリエルの表情に自信が満ちていくように見えた。

「フラン、三日後、一緒に真珠の完成を見に行きましょう」

「もちろん！　楽しみにしているわ」

今日のスプリヌ地方は珍《めずら》しく天気がよく、まるで私達の未来を明るく照らしているように思えてならなかった。


三日後――ついに、最後の試作の結果を見に行くこととなった。

ガブリエルと共に窓の前に立ち、外の景色を眺める。

「大雨……ですね」

「ええ、そうね」

三日前は晴天で、未来は明るいと喜んでいた。

それなのに、今日はどしゃ降りである。

「フラン、冬の雨は体によくないです。また、明日にしますか？」

「いいえ、見に行きたいわ――と言いたいところだけれど、ガブリエルが風邪《かぜ》を引いてしまうわね」

「私は平気です。こう見えて、体は頑丈《がんじょう》なんです。フランが真珠の確認《かくにん》をしたいのであれば、行きましょう」

「いいの？」

「ええ。ただ、可能な限りの防寒と防水対策をしていただきます」

「わかったわ」

外套《がいとう》を何枚も重ねて、その上から雨具を着るのか、と思っていたが、想像の斜《なな》め上をいく対策を提案された。

「まず、こういう日は地面がぬかるんでいて危険ですので、ズボンを穿《は》いていただきます。何か持っていますか？」

「ええ。少し前に、お義母様に狩《か》りに誘《さそ》われて、狩猟《しゅりょう》用の服を一式仕立てたわ」

それを聞いたガブリエルは、ギョッとしていた。

「いったいなぜ？　母上が狩猟を嗜《たしな》んでいるところなんて、見たことがないのに……」

「なんでも王都では、女性が銃《じゅう》を握って狩りをして、仕留めた獲物《えもの》で外套を作るのが流行《はや》っているそうで」

「物騒《ぶっそう》な流行ですね」

義母は狩猟がしたいのではなく、王都にいる妹、モリエール夫人が教えてくれたことをしたいだけなのではないか、と思っている。

「まあ、とにかくズボンはあるということで、続いてはこれです」

差しだされたのは、赤いスライム。

「このスライムを外套に変化させ、着込《きこ》んでいただきます」

火属性の赤いスライムが作り出す外套は、真冬の寒さでも耐《た》えきれるほどぽかぽからしい。

「そういえば、プルルンも暖かくなることはできたけれど」

「プルルンが？　いつ、使ったのですか？」

「下町で暮らしているときに、寒くて眠《ねむ》れない日があったんだけれど、プルルンが暖めてくれたの」

ガブリエルはその能力を知らなかったようで、目にも留まらぬ速さでプルルンを振り返っていた。

「プルルン、あなた、そんなことができるのですか？」

『できるよー。ガブリエルにはしてなかっただけー』

「しかも、一緒に眠っていたとは！」

『ふふーん、うらやましーでしょー』

「う、羨まっ!!　……いえ、なんでもありません」

ガブリエルは眼鏡のブリッジを押《お》し上げながら、プルルンに私の襟巻《えりま》きになるよう命じていた。

「最後に、こちらです」

そう言って差し出されたのは、青いスライム。

「すべてのスライムに防水能力があるのですが、この水色のスライムは特にその能力が優《すぐ》れているんです」

一滴《てき》の水も通さない、雨具に変化してくれるようだ。

「あとは、その辺のテイムしたスライムを捕《つか》まえて、スライム傘《がさ》を作らせますので」

この状態で行けば、寒さや雨に晒《さら》されることはないだろう、とガブリエルは言ってくれた。

「ガブリエル、あなたも同じような対策をするのよね？」

「もちろんです！」

『でもガブリエルー、かぜ、ひいたら、フランに、かんびょう、してもらえるよー』

「それは魅力的《みりょくてき》ですね！　ここはひとまず風邪を引いて――いえ、プルルン、何を言っているのですか！」

どうやらガブリエルは、私に看病してもらいたいらしい。

そのためだけに風邪を引かないでほしい。

「ねえガブリエル、看病ごっこならいつでも付き合うから、わざと風邪なんか引かないでね」

「か、看病ごっこ⁉」

大げさに聞き返してくるので、だんだんと恥《は》ずかしくなってくる。

プルルンのせいで、おかしな提案をしてしまった。

「今の発言は忘れてちょうだい」

「いいえ、忘れられそうにありません」

脱力《だつりょく》するような会話をしている暇《ひま》はない。早く準備をして、真珠ができているか確認しに行かなければならないのに。

「一時間後に落ち合う、という形でいいかしら？」

「一時間で足りますか？」

「もちろん」

そんなわけで、ガブリエルと別れ、身なりを整える。

ニコとココ、リコが手を貸してくれた。

アレクサンドリーヌは、さすがにこういう日は一緒《いっしょ》に行こうと名乗り出なかった。

気をつけていってらっしゃい、と言わんとばかりに、ガアガアと鳴いている。

髪《かみ》はきっちり結《ゆ》い上げ、邪魔にならないようにしてもらった。

ズボンは穿《は》き慣《な》れていないので、少し落ち着かない。

足のラインがしっかり見えてしまうので、恥ずかしい気持ちもあるのだろう。

着替《きが》えが完了したら、スライム達《たち》が集まってくる。

赤いスライムは外套に変化し、プルルンは襟巻きになった。

青いスライムは半透明《はんとうめい》な雨具に変化する。

頭巾《ずきん》を深く被《かぶ》ったら、雨に濡《ぬ》れることもないのだろう。

ちょうど一時間で準備が終わった。ガブリエルのもとへ行くと、彼も似たような装《よそお》いでいる。

「フラン、転移魔法《まほう》で湖まで移動するので、スライム傘を持っていてください」

「ありがとう」

スライム傘を差した状態で、移動するようだ。

「では、行きますよ」

「ええ、お願い」

足元に魔法陣《まほうじん》が浮《う》かび上がり、眩《まばゆ》い光に包まれる。

景色がくるりと一回転し、バケツをひっくり返したような雨が降る中、私達が下り立ったのは真珠の養殖用の湖。

「思っていた以上に、酷《ひど》い雨ですね」

「本当に」

ただ、雨粒《あまつぶ》はスライム傘や雨具がすべて弾いてくれるし、冬の雨なのにぜんぜん寒くない。

「フラン、大丈夫ですか？」

「スライム達のおかげで平気よ」

「よかったです」

手早く真珠の出来を確認して帰ろう、という話になった。

ガブリエルが手を掲《かか》げると、湖にいた状態変化のスライムがぬっと顔を覗《のぞ》かせる。

「母貝を入れた網を、上げてもらえますか？」

『わかったよーん』

すぐさま網は湖から引き上げられ、地上へと下ろされる。

湖のほとりにしゃがむと、スライム達がやってきて、屋根に変化してくれた。

「あら、ありがとう。助かるわ」

感謝の気持ちを伝えると、スライム達はプルプル震《ふる》えて応えてくれた。

そうこうしている間に、ガブリエルはスライムに母貝の中から真珠を取り出すよう命じる。

なんでもスライム達は真珠を取り出す魔法液を使わずとも、母貝を傷付けずに摘出する技術を身に付けているらしい。

その様子を、私はドキドキしながら見守っていた。

『かいふう～～、からの～～、てきしゅつ～～！』

母貝を傷付けないよう、スライムの手が優しく殻《から》の中へと差し込まれる。

真珠を掴《つか》んだのか、スライムはハッ！　と体を震わせていた。

そして――殻の中にあった手がゆっくりと引き抜かれる。

スライムの手にあったのは、美しい真円の真珠だった。

「あ――！」

「嘘!!」

ついに、ガブリエルと私は、ずっとずっと望んでいた真珠を前にする。

スライムはガブリエルの手のひらに、真珠をそっと置いた。

完成した真珠には、生クリームみたいななめらかな照りがある。

周囲は雨でどんよりしているのに、ほのかに発光しているような輝《かがや》きがあった。

「これが、スプリヌ地方の真珠、ですか」

「とってもきれいだわ」

オーガ大公領のオーロラ真珠みたいな華やかな色合いではないものの、混じりけのない白は、婚礼衣装を思わせる純粋《じゅんすい》な色合いだ。

「ガブリエル、あなたの髪みたいな、美しい真珠ね」

「私の髪、ですか？」

「ええ！　とっても気に入ったわ」

私の言葉を聞いたガブリエルは、少し泣きそうな顔で私と真珠を交互《こうご》に見つめる。

「真珠を前にして微笑むあなたを、どれだけ夢にみたか」

「ガブリエル、ありがとう」

思いっきり抱《だ》きつくと、ガブリエルの手から真珠が飛んでいってしまった。

けれども、プルルンが手を伸《の》ばして見事にキャッチする。

「ご、ごめんなさい、嬉《うれ》しくってつい」

「大丈夫《だいじょうぶ》ですよ。真珠はこれから、いくらだって作れるのですから」

他の母貝も確認してみたが、同じように美しい真珠が仕上がっていた。

苦労を経て、私達は真珠を作り出すことができたのだ。

「フラン、真珠の名前を考えていただけましたか？」

「本当に私でいいの？」

「もちろんです。あなたにこそ、考えていただきたいと思っていましたから」

オーロラ真珠とは異なる、スプリヌ地方にだけ存在する真珠。

ありきたりの名前よりも、親しみのある響《ひび》きにしたい。

「少し考えていたんだけど……〝湖水真珠《しんじゅ》〟っていうのはどう？」

「いいですね。すばらしいです」

気に入ってもらえたようで、ホッと胸をなで下ろす。

「フラン、湖水真珠で、すてきな婚礼衣装を作ってください」

「ええ、楽しみにしていてね」

もう一度、今度はガブリエルのほうから抱きしめてくれた。

じんわりと胸が熱くなり、涙《なみだ》してしまう。

私は世界一幸せな花嫁《はなよめ》なのではないか、と思ってしまった。

第三章◆公爵令嬢フランセットは、奔走する

真珠の養殖《ようしょく》計画は大成功だった。

ただ、これをオーガ大公領で応用できるのか、というと微妙《びみょう》なところである。

ガブリエルは粉末状にした魔石の特別な配合や、母貝の回復魔法などを独自に発案していたので、それだけでも十分助かる、とエミリーは言ってくれた。

これからオーロラ真珠の復活をかけて、一族総出で頑張《がんば》るらしい。

新しいオーロラ真珠が完成した暁《あかつき》には、真珠の一揃《パリユーリユ》えを作ってくれると言う。

いつかオーロラ真珠をまとって、一緒に夜会に参加をしよう、とエミリーと約束を交わしたのだった。

ちなみに、完成した湖水真珠は、オーロラ真珠とは競合しないだろうと、オーガ大公家で判断されたらしい。

わざわざ一族が集まって、話し合ってくれたようだ。

一部、湖水地方での生産を反対する者がいたようだが、エミリーがその意見をねじ伏《ふ》せてくれたという。

その点に関しては少し不安であるものの、エミリーはオーガ大公である。

一族の長の決定に逆らう者などいないだろう。

ガブリエル自身も、湖水真珠の生産は、しばらく慎重《しんちょう》に行うと言っていた。

生産し過ぎると、価値が下がってしまうので、初めのうちは限定と称《しょう》して販売《はんばい》するようだ。

何はともあれ、スプリヌ地方に新しい名産品が生まれ、喜ばしい限りである。

ゆくゆくは宝飾工房《ほうしょくこうぼう》とお店を作り、スライム水晶《すいしょう》などと一緒に販売したい。

◇◇◇

真珠の養殖計画が一段落したので、私は姉にギモーヴを作って贈《おく》った。

食べてくれるだろうか、とドキドキしていたら、すぐに返事が届いた。

下町での暮らしを打ち明けた手紙も同封《どうふう》していたので、姉がどんな反応を見せるのか、正直に言えば読むのが怖《こわ》い。

これまで姉とは何度も手紙のやりとりをしていたのに、こんなにも気持ちがざわめくのは初めてだろう。

私の緊張《きんちょう》が、傍《そば》にいたプルルンにも伝わっていたらしい。健気《けなげ》に応援《おうえん》してくれる。

『フラン、がんばれー。プルルンが、ついているよお』

「プルルン、ありがとう」

いったん手紙をテーブルに置き、胸に手を当てて呼吸を整えてから、ペーパーナイフを手に取る。

意を決し、封《ふう》を切ったのだった。

いつもいつでも、姉の書く手紙には無駄《むだ》がない。便箋《びんせん》一枚に収めるのが常だった。

けれども今日は珍しく、封筒《ふうとう》が分厚かった。中には五枚にも渡《わた》る手紙が入っていた。

私を安心させるように、プルルンが寄り添《そ》ってくれる。

普段《ふだん》はクールなアレクサンドリーヌまで、傍にやってきてくれた。

私は一人ではない。仲間がいる。そんな思いで、姉からの手紙を読み始めた。

まず書いてあったのは、ギモーヴを贈ったことへの感謝の気持ちだった。

スライムを使ったお菓子《かし》と聞いて驚《おどろ》いたようだが、食べてみたらとてもおいしかった、とのこと。

ホッと胸をなで下ろしたものの、そのあとにとんでもないことが書かれていた。

なんと、姉は私が作ったギモーヴを皇太子殿下にも食べさせたらしい。

私の作ったお菓子が、未来の皇帝《こうてい》の口に入ったなんて信じられない。

皇太子殿下も絶賛していたようなので、安堵《あんど》した。

ギモーヴ以外にも、ガブリエルが考えたスライムを使った製品を贈ったのだが、そのどれもお気《き》に召《め》したらしい。

そちらに関しては自信があったので、そうだろう、そうだろうと誇《ほこ》らしい気持ちになった。

スプリヌ地方への訪問も、楽しみにしているとあった。

ニオイスミレの花畑を見てみたいともある。

結婚式がある春先も雨が多いようなので天候が心配だ。けれども雨が降るスプリヌ地方は風《ふ》情《ぜい》があり、美しいと私は思っている。

ありのままのこの地を、姉には堪能《たんのう》してほしい。

ここまでの内容が便箋一枚に過不足なく収められていた。さすがとしか言いようがない。

問題は次からだ。

私が下町の平屋暮らしをしていたことについて、全部で四枚の便箋に書かれているのだろう。

落ち着かない気持ちを持て余しながら、便箋をめくる。

まず姉は、打ち明けてくれてありがとう、と書いていた。

真っ先に怒られるだろうと決めつけていたので、拍子抜《ひょうしぬ》けである。

ただ、それも束《つか》の間《ま》のこと。次の行で、姉は「それならどうして最初から言ってくれなかったの!?」と珍しく感情を剥《む》き出しにするような一文を書いていた。

私が下町暮らしをしたいのであれば、最大限尊重するつもりだったらしい。

ただそれも父に放置され、食べる物にも困っている状況にいたのであれば、話は別。何もかも放り出して助けてあげたかった、これまでよく耐えたと抱きしめてあげたかった、と書いてあった。

それを見た瞬間《しゅんかん》、涙が溢《あふ》れてしまう。

姉にとって、私は血を分けただけの存在で、家族という認識《にんしき》はあるが、それ以上の情はないだろう、と思っていたのだ。

まさか、そこまで言ってくれるほど心配し、愛してくれていたんて……。もちろん未来の皇后として、抱いてはいけない感情であったことも、姉は手紙に認《したた》めていた。

生半可な気持ちで皇太子殿下との結婚《けっこん》を受け入れたわけではないともあったが、それと同時に、再び同じように婚約破棄されてもおかしくない、という気持ちも抱いていたらしい。

だから姉は結婚を申《もう》し込まれたときに、皇太子殿下にあることを誓《ちか》っていたのだとか。

それはもしも家族に何かあった場合、皇太子妃《ひ》の座を捨ててでも助けにいくだろう、という決意だった。

そのような宣言をしてしまうくらい、マエル殿下に突《つ》きつけられた婚約破棄は姉の精神を大きく揺《ゆ》るがしてしまったようだ。

また、自分のせいで家族を酷い目に遭《あ》わせてしまい、気に病《や》んでいたと書かれている。

姉は手紙を読みながら、無理をしてでも帝国に連れていけばよかった、という思いも抱いたようだが、頑固《がんこ》なところもあるのできっと従わなかったでしょうね、と見抜かれていた。

最後に姉は、「辛い境遇《きょうぐう》を耐えてきたからこそ、今の幸せなあなたがあるのでしょう。フランセットの苦労を考えたら、素直《すなお》によかったとは言えないけれど、これまでよく耐え、他人を妬《ねた》んだり恨《うら》んだりすることなく、ただまっすぐに努力を続けてきたあなたを誇りに思います」という言葉で締《し》めていた。

途端《とたん》に、胸がいっぱいになる。

「うっ、うう……！」

姉に認められる日が訪《おとず》れるとは夢にも思わなかった。

これまで感じていた気まずさや、わだかまりもすべてなくなったような気がする。

あまりにも私が泣くので、プルルンがハンカチで頬《ほお》を拭《ぬぐ》ってくれた。

「プルルン、ありがとう。なんだか恥ずかしいわ」

『たまには、ないても、いいんだよお』

「ふふ、そうね」

アレクサンドリーヌは私の膝《ひざ》にどっかり鎮座《ちんざ》し、撫《な》でてもいいと言わんばかりに頭を差しだしてくれる。

プルルンとアレクサンドリーヌのおかげで、私はすぐに泣き止《や》むことができたのだった。


その日の夜――私はガブリエルに姉から手紙が届いたと報告した。

「もう心配ないわ。アデルお姉様は、きちんと理解してくださったから」

「それはそれは、喜ばしいことです」

ガブリエルも気にかけていたようで、安堵の表情を見せてくれる。

これでよかった、と会話が終わればよかったものの、今日、ガブリエルにも帝国から手紙が届いたらしい。

「実は、帝国から届いた手紙に、信じられないことが書いてあったんです」

「どうしたの？」

「フランの姉君がスプリヌ地方にやってくるのと同時に、帝国の外交使節団を派遣《はけん》したい、という申請《しんせい》がありまして」

「まあ！」

帝国と我《わ》が国《くに》の国交はそれほど多くない。皇妃《こうひ》だった母が嫁《とつ》いだことにより、多少の優遇措《ゆうぐうそ》置《ち》がされるようになったものの、友好国とは言えない関係だったようだ。

国家間の交際や交渉《こうしょう》も数年前に行われただけで、そのさいも特に双方の国が歩み寄るような出来事はなかったらしい。

「アデルお姉様が私達の結婚式に参加することによって、招いてしまったのかしら？」

「おそらくそうかと」

もちろんそれは、スライム大公であるガブリエルと個人的に話をしたい、という意味ではない。国規模の交流をしよう、と持ちかけられたのだ。

「すごいことだわ」

「フランのお手柄《てがら》ですよ」

「私は何もしていないわ」

「いいえ、フランが招いてくれたことです」

おそらくこちらの国からも外交官が派遣され、スプリヌ地方で国際会議が開かれるのだろう。

「正直に言えば、恐《おそ》れ多い話で、ぜひとも王都での開催《かいさい》を、と提案したくもなります。けれどもこれは、スライム大公領の存在感を示す、またとない機会です」

スプリヌ地方が国際会議の場になれば、国内の評価もぐっと上がるはず。

ガブリエル自身、ホスト役を担《にな》うのは得意ではないものの、領土の発展をかけて頑張るつもりらしい。

「それでフラン、私を助けてくれますか？」

「もちろんよ！」

ガブリエルの手を握《にぎ》り、大きく頷《うなず》く。すると、緊張が解けたのか、やわらかな微笑《ほほえ》みを見せてくれた。

「結婚式《けっこんしき》や披露宴《ひろうえん》の準備があるから、大変でしょうけれど」

「あとは、〝家禽騎士隊祭《かきんきしさい》〟の開催も、ですね」

「そうだったわ」

湖水地方のアヒル堂も出店することになったのだが、そこで販売される目玉は、私が姉のために考えたギモーヴである。

メインで販売するのは、ニオイスミレのエキスを混ぜた品だ。口に含《ふく》むと、優雅《ゆうが》なスミレの香りが鼻を突き抜ける。

観光客相手に試食会を行ったのだが、大好評だった。

もちろん、定番のベリー味も販売する。

ギモーヴはオリジナルレシピ同様に、スライム・ゼラチンを使って製作する予定で、樹皮を使って編んだ籠《かご》に入れて販売する予定だ。

他にも、申請があった商店は書類や販売する品に不備がない限り、出店できるようにした。

スプリヌ地方で開催される祭りの中で、最大規模のものになりそうだ。

〝家禽騎士《きし》隊祭〟の開催期間は五日間である。

観光客の人出を分散させるために、長めに設定してみた。

すでに参加の希望者が殺到《さっとう》し、宿とワイバーン便の予約は埋《う》まってしまった。

「これに加えて、結婚式の一週間前は国際会議もあるので、人出がとんでもないことになりそうですね」

「ええ」

これまでにないほどの人々が、スプリヌ地方にやってくるのだ。

きっと何かしらのトラブルも発生するだろう。

警備員を雇《やと》っているものの、足りるかどうかわからない。

ガブリエルはアクセル殿下に相談し、騎士隊を派遣するよう頼《たの》んでいると言う。

「フラン、心配いりませんよ。私達の結婚式です。成功するに違いありません」

「そうよね。そうに違いないわ」

珍しく、ガブリエルのほうが前向きになっている。まさか彼《かれ》に励《はげ》まされる日が訪れるなんて、予想もしていなかった。

「フラン、どうかしたのですか？」

「いえ、今日は珍しく、私が後ろ向きで、あなたが前向きだったな、と思って」

「それはフランのおかげですよ。あなたが毎日明るく、物事に対する姿勢が積極的かつ発展的なので、引っ張られてしまったんです。逆に、フランのほうが後ろ向きなのは、私の悪い影響《えいきょう》なのかもしれませんね」

「そんなことないわよ」

ガブリエルと話しているうちに、不安は消えてなくなったように思える。

真珠の養殖も成功したし、姉との関係も修復《しゅうふく》できた。すべては、ガブリエルのおかげだろう。

きっと彼と一緒ならば、困難も乗り越《こ》えていける。

そう思えてならなかった。

◇◇◇

真珠の養殖は順調に進んでいる。

湖水黒貝の捕獲《ほかく》から、核《かく》作り、核の挿入《そうにゅう》と摘出《てきしゅつ》、母貝のケア、真珠の洗浄《せんじょう》など、すべてスライムの手で行われていた。

一日百粒《つぶ》ほどの真珠が完成し、屋敷《やしき》に届けられる。

真珠の数は十分過ぎるほど揃《そろ》ったものの、ここから人間の手で作業が行われる。

王都から宝飾《ほうしょく》工房の職人を雇い、真珠を託《たく》す。

養殖した真珠は大きさや色、形などが絶妙《ぜつみょう》に異なっていて、熟達した職人でないとその違いがわからないらしい。

将来、スプリヌ地方でも宝飾店を開きたいので、領民の中から数十名、職人に弟子《でし》入りして作業を覚えてもらった。

真珠を分別し、宝飾品に加工するために穴を開ける作業は、どれだけ見ていてもできる気がしない。

職人は真珠に傷ひとつ付けることなく、手早く加工していくのだ。

大きさ、色、形などを揃えて作った首飾《くびかざ》りには、五十粒ほどの真珠が使われているらしい。

その美しさといったら、言葉にできない。

「これが、スプリヌ地方産の真珠の首飾りなのね……！」

職人はにっこり微笑みながら、説明してくれる。

「大変すばらしい真珠ですよ。硬《かた》さや照り、大きさなど、何もかも申し分ないです」

大きな真珠はティアラや耳飾《みみかざ》り、首飾りなど、パッと見て存在感を示す宝飾品に加工したようだ。

ちなみにデザインは、モリエール夫人が懇意《こんい》にしている、王都で人気のデザイナーに依頼《いらい》したようだ。

どれも洗練されていて細部まで美しい。そのデザインを、職人が丁寧《ていねい》に仕立ててくれるのだ。

真珠の中には、植物の種のように小粒《こつぶ》の物もある。

そういう真珠は〝シード・パール〟と呼ばれていて、さまざまな使い方があるようだ。

宝飾品にも使われるようだが、今回は婚礼衣装《こんれいいしょう》に縫《ぬ》い付けるために使う。

職人は小さな真珠にも、加工用の穴を開けてくれた。いったいどうやったのか、謎《なぞ》でしかない。感謝しかなかった。


スプリヌ地方は本格的な冬を迎《むか》えていた。

雪が降って大地を白く染めるものの、すぐに溶《と》けてなくなってしまう。

各地にある湖はスライムが生息しているからか、分厚く凍《こお》ることなどないらしい。

気温は王都よりも低い気がするのは気のせいだろうか。

今朝方も吐《は》く息は白く、庭には霜柱《しもばしら》が立っていて、歩くとザクザクと音を鳴らしていた。

そんな凍《こご》えるような冬を迎えているスプリヌ地方に、モリエール夫人がやってきた。

義母を見つけた途端、モリエール夫人は抱きつく。

「きゃっ！　ど、どうしたのですか？」

「お姉様、すてきな贈り物、ありがとうございました！　とってもとっても嬉しかったですわ！」

先日、モリエール夫人は誕生日を迎えた。そのさいに、義母が用意していたスミレのティーセットも届いたようだ。

「わたくしの大好きな湖水地方のスミレが描《えが》かれていて、開けた瞬間、涙がぽろりと零《こぼ》れてしまいました」

ティーセットを目にするたびに、故郷に帰った気分を味わっているようで、毎日のように使っているという。

「お手紙でもさんざん伝えたけれど、直接感謝の気持ちを伝えたくってたまらなくて」

「気に入っていただけたようで、何よりです。ただあれは、フランセットさんが考えてくれた品なんです」

モリエール夫人は「まあ！　そうだったのね！」と言い、私にも抱きついてきた。

「フランセットさんもありがとう！」

「いえ、私は意見を出しただけでして」

戸惑《とまど》っていたら、義母が「フランセットさんが困っているから」と言ってくれた。

義母は冷静な様子を見せていたものの、耳がほんのり赤くなっている。

久しぶりの誕生日の贈り物を、喜んでもらえて嬉しいのだろう。

モリエール夫人はさんざん喜んだのちに、話しかけてきた。

「そういえばフランセットさん、以前、結婚式の参列者に贈る記念品について、悩《なや》んでいらっしゃったようだけれど、もう決まりましたの？」

「いえ、それがまだ……」

結婚式には幸せのおすそ分けとして、品物を用意する。スプリヌ地方ではお菓子を入れたボンボニエールを贈る習慣があった。けれども現在、ボンボニエールは湖水地方のアヒル堂で購《こう》入《にゅう》できる、スプリヌ地方のお土産《みやげ》として定番化している。

そのため、何か別の物を、と考えていたのだ。

「スミレのティーカップにお菓子を入れて、贈るのはいかが？」

「いいかもしれません！」

ティーカップとお菓子であれば、大人にも子どもにも喜んでもらえそうだ。

「さっそく、ガブリエルにも相談してみます。モリエール夫人、ありがとうございました」

「いえいえ」

思いがけず、結婚式のお土産が決定したのだった。

それから楽しく近況《きんきょう》を語り合っていたものの、私達にはゆっくり会話を楽しんでいる余裕《よゆう》はなかった。本来の目的は、婚礼衣装を完成させることである。

「さあ、フランセットさんのドレスを作りますわよ!!」

ようやく、婚礼衣装に真珠を縫い付ける作業に取りかかれる。

義母も気合い十分だったようで、ドレスの袖《そで》が邪魔《じゃま》にならないよう、腕《うで》カバーをした状態でいた。

「あら、お姉様、すてきなお品をお持ちですね」

「でしょう？　昔、乳母《うば》が付けていたのを思い出して、街の職人に作ってもらったの」

なんと、義母は私とモリエール夫人の分の腕カバーも用意してくれていたらしい。

「みなさん、結婚式までそう時間はありません。きびきび完成させせますよ！」

「ええ！」

「はい！」

作業部屋には、義母直筆の〝私語厳禁!!　動かすのは口ではなく手先!!〟という注意書きが掲げられていた。

真珠の養殖に思っていたよりも時間がかかってしまったので、その分、作業をする時間が少なくなっていたのだ。

のんきにお喋《しゃべ》りしている暇はない、というわけである。

モリエール夫人は小さな声で「気をつけませんと」と呟《つぶや》く。

私もうっかり喋らないよう、口をしっかり閉じた。

婚礼衣装のデザインは、義母とモリエール夫人、私の三人で考えた。

胸元《むなもと》には大粒の真珠を散らし、ドレスのスカート部分には、銀糸とシード・パールで花を刺《し》繡《しゅう》する予定だ。

それから、ベールにも真珠をあしらう。こちらは星空みたいに、さまざまな大きさの真珠を縫い付ける予定だ。

集中し、黙々《もくもく》と進めるが――。

「い、痛い!!」

モリエール夫人が本日何度目かもわからない悲鳴をあげる。どうやら彼女《かのじょ》は裁縫《さいほう》が苦手なようで、何度も針を指先に突き刺《さ》しているようだ。

そんなモリエール夫人を見て、義母が物申す。

「ジュリエッタ、それだけ刺していたら、慣れたものでしょう？　静かになさってくださいませ！」

そんなことを言う義母の手も、包帯が幾重《いくえ》にも巻かれていた。

義母とモリエール夫人、二人は裁縫が大の苦手みたいだ。

「フランセットさんはお上手ですね」

「本当に」

「いえ、その、それほどでも……」

褒《ほ》められるほどの腕前《うでまえ》ではないのだが、姉妹《しまい》には上手《うま》く見えたらしい。

モリエール夫人が涙目《なみだめ》で謝罪する。

「ごめんなさいねえ、不器用で」

「いえいえ。各々《おのおの》、進める速さは違《ちが》いますから」

「フランセットさんは、なんて優《やさ》しい子なのでしょうか！」

少しスピードが落ちてきたので、休憩《きゅうけい》にしよう。そう提案し、お茶とギモーヴを囲む。

「モリエール夫人、これは湖水地方のアヒル堂の新作ギモーヴです」

王都でさまざまなお菓子を食べているモリエール夫人のお口に合うか。ドキドキしながら勧《すす》める。

「あら、すてきな色味ですわね」

スプリヌ地方で採れたベリーを入れて作ったものだと説明すると、興味深そうに覗き込んでいた。

モリエール夫人はギモーヴをぱくりと食べたあと、満面の笑《え》みを浮かべる。

「まあ、おいしい！　甘酸《あまず》っぱくて、子どもの頃《ころ》に食べたベリーを思い出しますわ」

毎年、スライム大公家ではベリーを使ったデザートが食卓《しょくたく》に並んでいたらしい。そのどれもが、モリエール夫人の大好物だったようだ。

「スプリヌ地方のベリーは他と比べて酸味が強いのだけれど、こうしてお菓子にしたら、ほどよい甘酸っぱさになって、食べやすくなるのですね」

「ええ、そうなんです。スプリヌ地方のベリー・ピューレを使ったお菓子は絶品なんですよ」

義母もお気に召してくれたようで、よかったと心から思う。

二人共、甘《あま》い物を欲《ほっ》していたようで、ぱくぱく食べてくれた。

「それにしても、わたくし、思っていた以上に不器用だったようで、ショックでした」

「ジュリエッタ、わたくしもです」

モリエール夫人と義母は揃って深く長いため息を吐く。

「このままでは間に合わないかもしれませんわ」

「考えただけでゾッとします」

私の母はこういう作業が得意だと聞いていたが、呼び寄せるわけにもいかない。

ニコ、リコ、ココや、コンスタンスに頭を下げて手伝ってもらおうか。

なんて提案をしたものの、義母やモリエール夫人は首を縦に振らない。

「フランセットさん、婚礼衣装は家族で仕上げるものなのですよ」

「ええ！　お姉様の言う通りですわ！」

使用人達のことは家族のように大切に想《おも》っているようだが、これとそれとは話が別だと言われてしまった。

「で、でしたら、ガブリエルに手伝っていただくのはいかがでしょうか？」

そんな提案をすると、義母は腕を組みつつ、眉間《みけん》に皺《しわ》を寄せる。

「たしかに、あの子は夫に似て、手先が器用でしょう。しかしながら――――！」

「しかしながら？」

「ガブリエルに手先が不器用だと露見《ろけん》したくありませんの!!」

義母は拳《こぶし》をぎゅっと握り、血走った瞳《ひとみ》で訴《うった》える。

「ちっぽけな自尊心と思うかもしれませんが、あの子にだけは、知られたくないのです」

「は、はあ」

裁縫が苦手だからといって、ガブリエルが何か言うわけないと思うのだが……。

その辺は、親子の複雑な関係が影響しているのかもしれない。

「えーと、でしたら、プルルンに手伝ってもらうのはどうでしょう？」

裁縫の才能があるかわからないものの、プルルンはとてつもなく器用だ。

「プルルン、あの子、裁縫ができますの？」

「いえ、確認《かくにん》したことはないのですが、料理や掃除《そうじ》を手伝ってもらったことがあったので、もしかしたらできるかもしれません」

義母とモリエール夫人は一瞬《いっしゅん》見つめ合ったあと、同時に頷いた。

「プルルンでしたら、家族ですので問題ないかと」

「お姉様やわたくしは頼《たよ》りにならないので、手を貸していただきましょう」

そんなわけで、作業部屋にプルルンを呼び寄せる。

義母とモリエール夫人が駆《か》け寄ってきたので、プルルンはギョッとしていた。

「プルルン、わたくし達に、手を貸してくださいませ！」

「お願い、プルルン！」

『ええ〜〜、なにごと〜〜？』

かくかくじかじかと、事の次第《しだい》を説明すると、賢《かしこ》いプルルンは『あー、そういうことかー』と理解を示してくれた。

『プルルン、おさいほう、がんばってみる！』

「ありがとう、助かるわ」

そんなわけで、プルルンに裁縫のやり方を伝授する。

「こうやって針に糸を通して、布に縫い付けるの。図面があって、こちらから縫っていけば、やりやすいわ」

私がプルルンにしている説明を、なぜか義母やモリエール夫人も耳を傾《かたむ》け、こくこく頷きながら聞いている。

もしや、できないのではなく、裁縫のコツを知らなかっただけなのだろうか。

まあ、何はともあれ、皆、やり方について理解を深めてくれたようだ。

プルルンは手先を針に変化させ、器用に糸や真珠を摘《つ》まんで縫い始める。

『フラー、こうー？』

「ええ、とっても上手よ」

褒めると、プルルンは嬉しそうに瞳を輝かせる。

それはプルルンだけでなく、義母やモリエール夫人も同様だった。

「わたくしも、さっきより上手くできるようになりました！」

「お姉様、わたくしも！」

「みなさん、お上手です」

『やったあ！』

プルルンのおかげで雰囲気《ふんいき》が和《なご》んだので、感謝しかない。

期待していた以上に、プルルンの裁縫の腕前は見事なものだった。

途中《とちゅう》から無数の針を触手《しょくしゅ》で操《あやつ》り、縫い始める。

事情を知らない人が見たら、ドレスがスライムに襲《おそ》われていると思われるだろう。とてつもなく恐ろしい様子だが、信じがたいスピードで刺繍が仕上がっていく。

あまりにも速いので、心配になって声をかけてみた。

「プ、プルルン、そんなに頑張って、大変じゃない？」

『ううん、たーのしーー！』

「だったらよかった」

婚礼衣装作りに一ヶ月ほどかかるのではと思っていたのに、プルルンの活躍《かつやく》もあって、あっという間に仕上がる。

完成したものをトルソーに着せ、皆で眺《なが》めた。

「これが、私の婚礼衣装……！」

あまりにも美しくて、言葉を失ってしまう。

ガブリエルと一緒《いっしょ》に作った湖水真珠が、純白のドレスの中で輝いていた。

ドレスだけでなく、長いベールにも惜《お》しみなく使われている。

このすばらしい婚礼衣装を、皆で作り上げたのが誇らしい。

「お義母様、モリエール夫人、そしてプルルン、みなさん、ありがとうございます」

「お礼を言わないといけないのは、わたくし達《たち》のほうですわ。ねえ、ジュリエッタ」

「ええ！　わたくしとお姉様が不器用過ぎて、最初はどうなることかと思っておりましたが」

想像していた以上にすてきな仕上がりになった、と二人とも満足している。

「それに、幼少期のわたくし達の夢も、フランセットさんに叶《かな》えていただきました」

「本当に！」

二人とも、とても嬉しそうだ。真珠を使った婚礼衣装を諦《あきら》めないでよかったと、心から思う。

モリエール夫人はプルルンを優しく抱き上げ、頬ずりする。

「プルルンの大活躍《だいかつやく》のおかげでもありますわね」

『うん！　プルルン、よくがんばったー！』

ただ、これで終わりではない。これからガブリエルの婚礼衣装にも、真珠を縫い付ける。

「とは言いましても、私のドレスに比べたら少量ですが」

「ええ。あともう少し頑張りましょう。あの子、ガブリエルに真珠が似合うかはわかりませんが」

「大丈夫ですわ！　ガブちゃんはお姉様にそっくりで美人ですので、真珠がお似合いになることでしょう！」

モリエール夫人は義母に真珠を当てて、心配いらないと太鼓判《たいこばん》を押《お》していた。

ガブリエルの分は少量なので、プルルンの手を借りずに三人で行う。シャツのボタン部分や、ブートニアと呼ばれる胸飾《かざ》りに合わせる真珠細工も協力して仕上げた。

奮闘《ふんとう》すること三日ほどで、婚礼衣装のすべてが仕上がったわけだ。


午後からはエミリーとソリンがやってきた。二人にブライズメイドをお願いしていたので、その打ち合わせを開くことができたのだ。

エミリーとソリンは初対面である。

ソリンはエミリーがオーガ大公と聞いて驚いていたが、本人を前にしても物怖《ものお》じする様子はない。さすが、菓子店《かしてん》でさまざまなお客さんを接客しているだけある。

エミリーも明るいソリンのことを、すぐに好きになってくれたようだ。

そんな二人に、今日、完成したばかりの婚礼衣装をお披露目《ひろめ》した。

「まあ、きれい！」

「フランセットさん、想像以上の仕上がりです」

ソリンとエミリーは、瞳を輝《かがや》かせながら婚礼衣装を眺めている。

「これを身にまとったフランセットは、さぞかし美しいのでしょうね」

「結婚式当日が、とっても楽しみです」

ソリンは仕事の関係で、スプリヌ地方にやってくるのは結婚式前日になると言う。

「私はまだ予定がはっきりしていませんが、早めに来るかもしれません」

「エミリー様、ありがとう。心強いわ」

一応、母や姉がやってくることも知らせておいた。

「フランセットのお母さんとお姉さんってことは、元皇女と、現皇太子妃ね」

「うわあ、緊張します！」

「大丈夫よ。心配しないで」

取って食われるとすれば、標的は私だけだろう。二人は安心して、スプリヌ地方の滞在《たいざい》を楽しんでほしい。

ブライズメイドの打ち合わせとは名ばかりで、ソリンやエミリーと一緒にお茶とお菓子を囲み、楽しくお喋りしたのだった。

◇◇◇

〝家禽騎士隊祭〟の準備も滞《とどこお》りなく進んでいた。

ココは見事な看板を完成させ、領民達を喜ばせてくれる。

当日、この看板は村の出入り口に、大々的に飾られるらしい。

ココは両親も喜ぶ、と珍《めずら》しくはしゃいでいた。

家禽騎士隊は出し物として〝アヒルレース〟を開催するようだ。

アヒル達が晴れ間に運動する広場をレース会場として改造し、お客さんを招くらしい。

レースと聞いたガブリエルは、賭《か》け事《ごと》はいかがなものかと言っていたものの、勝利の証《あか》しとして得るのはスプリヌ地方のお菓子だった。

湖水地方のアヒル堂が提供する新作菓子の詰《つ》め合わせなので、子どもから大人まで楽しんでくれること間違《まちが》いなしだろう。

それらの計画を聞いたら、ガブリエルは快く許可してくれたのである。

アレクサンドリーヌもレースに参加するようで、毎日のようにコースを爆走《ばくそう》しているという。

運動の効果なのか、食べる餌《えさ》の量も増え、体が一回り大きくなったような。

持ち上げるとズッシリと重たく、体も引き締まっている。

ニコがアレクサンドリーヌを日光浴させるために抱《だ》き上げようとしたら、目にも留まらぬスピードで、風のように走り去っていた。

以前よりも、逃《に》げ足が速くなっている。

彼女に敵《かな》うアヒルなんてスプリヌ地方に存在するのか、と気になって仕方なかった。

意外な人からも〝家禽騎士隊祭〟に参加したい、という声がかかる。

それはセイレーン大公からだった。

なんでも〝魔法研究局《まほうけんきゅうきょく》〟の研究発表ブースを設け、新しい局員を勧誘《かんゆう》したい、と望む手紙がガブリエル宛《あ》てに届いたらしい。

何を発表したいのか、と聞いたところ、〝魔法で作る、ホームメイド・ゾンビ〟についてだ、と返信があったのだとか。

ガブリエルは丁重《ていちょう》にお断りする旨の手紙を送ったという。

他にも、トレント大公からは教会の寄付ブースを作りたいと申請があり、フェンリル大公からはファンクラブのサイン会を開催したいとあった。ハルピュイア大公からはお祭りの当日、異端者《いたんしゃ》がいないか警備してもいい、という申し出が届いたようだ。

そのすべてに、ガブリエルは遠慮《えんりょ》してほしいとお願いしたらしい。

なんというか、魔物《まもの》大公の面々は個性的だな、と思ってしまった。

ちなみにドラゴン大公であるアクセル殿下《でんか》は、私達の結婚式の警備隊長を務めたい、と希望してくれた。

光栄極《きわ》まりない申し出だが、同時に未来の国王陛下にそこまでしてもらっていいものか、と思ってしまう。

どうしようか迷ったが、家族で話し合い、アクセル殿下の申し出を受け入れることにした。

ちなみに、アクセル殿下が私達の結婚式に参列すると知られてしまったら、国中から結婚を望むご令嬢《れいじょう》が殺到してしまう。そのため、当日までトップシークレットとなっているのだ。

私とガブリエルの結婚式は、想像していた以上に規模が大きくなっていた。

開催期間中、大きなトラブルなど起きませんように、と祈《いの》る他ない。

結婚式の招待状の返事もぞくぞくと届きつつある。

父に関しては、母や姉と会わせてもいいものか、心配になった。

母は問題を起こした父に対して怒《いか》りはしないだろうが、ぴりついた空気になることは間違いないだろう。

いっそのこと、呼ばないのも手のひとつだ。

そう思ってガブリエルに相談してみたら、せっかくだから呼んであげたらどうか、という助言を受けた。

それを聞いて、申し訳ない気持ちになる。

ガブリエルの父親は現在失踪《しっそう》中で、どこにいるかもわからない状況《じょうきょう》らしい。

結婚式の招待状すら、送れないのだ。

父が生きていて、王都で大人しく過ごしている、とわかっているだけでも幸せなのかもしれない。

やはり、父も招待しよう、と決意を新たにする。

母や姉と気まずくならないように、私が緩衝材役《かんしょうざい》に徹《てつ》すればいいだけの話なのだ。

母が派遣した従僕《じゅうぼく》のアンドレもいるだろうし、そこまで気に病むこともない、と自分自身に言い聞かせる。

ガブリエルの父親については、どうにかならないものか。

たくさんの人達がスプリヌ地方に集まって、盛大《せいだい》に結婚式を挙げるのに。

もしも生きているのだとしたら、立派にスライム大公を務めあげるガブリエルを見せてあげたい、という気持ちもある。

ただ、ガブリエルや義母からしたら、今さら結婚式の日にだけ再会しても、微妙《びみょう》な気持ちになるのかもしれない。

捜して招待するにしても、勝手なことはしないほうがいいだろう。

先に義母にやんわり聞いてみると、意外な答えが返ってきた。

「夫がガブリエルの結婚式にだけ参加するなんて、そんな都合がいい話などあるものですか！　絶対に許しません——と以前のわたくしならば言っていたでしょう」

「今は違うのですか？」

「そう、ですわね」

以前と異なり、スプリヌ地方は発展しつつある。そのため、この地を捨てて去った人々を僻《ひが》むような気持ちはきれいさっぱりなくなったと言う。

「今、スプリヌ地方は移住者希望者が殺到していて、全員受け入れられない状況だと耳にしております。一度出て行った領民も、戻《もど》りたいと望んでいるのに叶わないようで」

それは嬉《うれ》しい悲鳴らしい。

出て行った夫に対しても、スプリヌ地方が変わっていったように、許せる気持ちへ変化していったようだ。

「まあ、わたくしの視界に入らないところに、ただ存在するのであれば、許して差し上げましょう」

直接話したくはないようだが、ガブリエルの晴れ姿を見るのは構わないそうだ。

「夫はとてつもなく小心者で、父親の役割を放棄《ほうき》して逃げたことをいつまでも気にしているはずです。ガブリエルの結婚式でも見せたら、少し気が軽くなるのではなくって？」

それは義母なりの愛情にも思えた。

話を聞いているうちに、なんとかならないのか、という気持ちが強くなる。

余計なお世話かもしれないけれど、できることがあるのならば、可能性だけでも探《さぐ》りたい。

ガブリエルにも、それとなく質問してみた。

「父ですか？　まあ、本人が参列したいと言うのならば、別に構いませんよ。母とケンカになった場合は、止められる自信がないのですが」

ガブリエルは、義母とケンカしたら絶対に父親が負けるだろう、と宣言していた。

ひとまず、二人とも絶対に会いたくない、というわけではないらしい。

なんでもこれまで、探偵《たんてい》に依頼したり、騎士隊に相談したりして探したことは一度もなかったようだ。

ならば、意外とあっさり見つかるのではないか。

さっそく、探偵を雇って、ガブリエルの父親を探すよう、依頼をかけてみた。

結婚式に間に合うかわからないが、どうか見つかりますように、と一縷《いちる》の望みを託したのだった。

◇◇◇

あっという間に厳しい冬は過ぎ去った。

土の中から緑が芽吹《めぶ》き、湿気《しっけ》をまとってほんのり濡《ぬ》れる草木の様子が、スプリヌ地方の春らしい。結婚式も間近に迫《せま》り、皆、忙《いそが》しい毎日を過ごしていた。

結婚式やお祭りの期間は混乱が予想されるとのことで、国から追加で騎士隊が派遣される。

彼らは野営地を作り、自炊《じすい》もしてくれるらしい。

スライム大公家の手を煩《わずら》わせないように、とアクセル殿下から命令を受けているようだ。

ただ、お世話になる以上、放っておけるわけがない。

差し入れとして、湖水地方のアヒル堂のお菓子《かし》をニコやリコ、ココに頼んで持って行ってもらったら、たいそう喜ばれたようだ。

領民達《たち》は王都から派遣された騎士《きし》が珍しいからか、遠巻きに見に行っているらしい。差し入れをしたいと望む声もあったので、ガブリエルに頼んで、数回に分けて運んでもらった。

今では領民が野営地に近付くと、見張りの騎士達が手を振ってくれる。なんともほのぼのするような交流であった。

観光客も続々と訪れている。ワイバーン便の混雑を予想し、早めにやってきているようだ。

コンスタンスからの報告を受けていたら、村の様子が気になってしまう。それはガブリエルも同じだった。

「ねえ、ガブリエル、少しシャグランがどんな状況なのか、見に行かない？」

「そうですね。さっと移動して帰ってくるのであれば、行けなくもないですが……囲まれたら困りますね」

最近、新聞にスライム大公を特集する記事が掲載《けいさい》されたらしい。その影響で、ガブリエル自身がすっかり有名人になっているのだ。

観光客に見つかった結果、囲まれて一時間以上その場から動けなくなった日もあったという。

「だったら、変装すればいいんじゃないかしら？」

「変装、ですか？」

「ええ」

ガブリエルはしばし考えるような仕草をしたあと「……それは楽しそうですね」と言ってくれた。

「髪色《かみいろ》を変えるだけでも、別人のように見えるかもしれませんね」

「たしかに、あなたの髪色は特別ですものね」

鬘《かつら》を持っているのか、と聞いたところ、ガブリエルは首を横に振る。

「そういえば、これをフランに見せるのは初めてでしたか」

「あら、何かしら？」

ガブリエルは黒いスライムを召喚《しょうかん》し、頭に乗せる。

ボソボソと命令すると、黒いスライムが思いっきり跳《は》ね、頭上に着地する。

その衝撃《しょうげき》で黒いスライムが平たく広がっていったのは一瞬のことで、ガブリエルの頭を覆《おお》うように張り付く。

瞬《また》く間《ま》に、短い黒髪《くろかみ》に変化した。

鬘を被《かぶ》ることなく、スライムに変化させて髪型《かみがた》を変えたようだ。

「まあ！　あなたのスライムって、そんなすごいこともできるのね！」

髪が短いガブリエルを見るのは初めてなので、なんだか新鮮《しんせん》である。

パールホワイトの長い髪のときは柔和《にゅうわ》な印象だが、黒く短い髪のときは精悍《せいかん》だ。髪色や長さが異なるだけで、ここまで大きくイメージが変わるものなのだな、としみじみ思ってしまった。

「どうでしょう？　別人のようですか？」

「ええ！　髪が短いのもかっこいいわ」

「かっ……、そう、ですか。フランはこの髪型のほうが好きですか？　それとも、普段《ふだん》の長いほうがいいですか？」

「どちらも好きよ。でもあなたは魔法使《まほうつか》いだから、長いほうがいいんでしょう？」

「それはそうですけれど」

魔法使いは大地からより多くの魔力《まりょく》を取り込《こ》むため、髪を長くしているのだ。

私の髪よりもサラサラツヤツヤなので、いつも羨《うらや》ましいと思ってしまう。

「フランが短いほうがいいと言うのであれば、切るつもりでした」

「そこまでしなくてもいいわ。どんなあなたでもすてきだから」

私の言葉を聞いたガブリエルは、耳まで真っ赤にしている。そこまで照れるようなことを言った覚えはないのだが。

「フラン、あなたはきっと、私の髪がぜんぶ抜《ぬ》け落ちても、そんなふうに言ってくれるのでしょうね」

「おそらくそうでしょうね。ガブリエルに対するすてきという言葉は、見目ではなく中身の話だから」

「あ、ありがとうございます」

ガブリエルはゲホンゲホンと咳払《せきばら》いしたのちに、真っ赤な顔のまま別の話題を振ってくる。

「えー、その、フランも髪色を変えてみますか？」

「いいの？」

「ええ、もちろんです。何色がいいですか？」

ガブリエルが使役《しえき》している色付きのスライムは、薄紅色《うすべに》のプルルンと、青いスライム、黄色いスライムに赤いスライム、緑のスライム、乳白色の陶石スライム——以上だ。

「実は私、かわいらしい、薄紅色に憧《あこが》れていたの」

「でしたら、プルルンですね」

長さはどれくらいで、髪質《かみしつ》はどんな感じがいいか、リクエストもできるらしい。

「腰《こし》までの長さで、髪質は猫《ねこ》っ毛のような、やわらかくて、ふわふわした髪型に憧れているの」

私の髪は太く、直毛だ。いつもコテで巻いてカールを作ってもらっているが、一晩経《た》つとまっすぐになり、ふわふわとした髪型を保つことができないのだ。

「わかりました。では、プルルン、フランにやってくれますか？」

『まかせてー』

プルルンは私の頭上に飛《と》び乗り、リクエストした髪に変化してくれる。

猫毛のようにやわらかな、ふわふわと波打つ薄紅色の髪へ変わっていった。

一房《ひとふさ》髪を掬《すく》い上げると、自然な手触《てざわ》りに感激する。

「すごいわ！　本物の髪みたい。プルルン、ありがとう。夢が叶ったわ！」

『いえいえ～、それほどでも～』

髪の房から突然《とつぜん》プルルンの目と口が出てきたので、笑ってしまった。

「ガブリエル、どうかしら？」

「最高にかわいいです！　もちろん、普段のあなたも愛らしいのですが」

「ありがとう。嬉しい」

プルルンに変えてもらった髪に加え、いつもの私も褒めてもらえた。なんだか得した気分になる。

「フラン、服装は街に馴染《なじ》むような、簡素な装《よそお》いがいいかもしれません」

「任せてちょうだい。下町時代に着ていたワンピースを、捨てられずに持ってきていたの」

貧乏臭《びんぼうくさ》い行動だ、と笑われるのではと思っていたものの、ガブリエルはにっこり微笑《ほほえ》みなが
ら「物を大切にするのはすばらしいことです」と褒めてくれた。

「私はお忍《しの》び用の服装が一式ありますので、それを着ていきます」

それを聞いたプルルンが、くすくす笑い始める。

『わー、〝おしのびよう〟だってー、ゆうめいじん、みたいー』

「プルルン、ガブリエルは有名人なのよ。今、観光客が多くいるシーズンに村に行ったら、大
変なことになるんだから」

『ガブリエル、サイン、もとめられるー？』

「ええ、間違いないわ」

「あの、さすがにサインは求められないと思うのですが」

「あら、わからないわよ。私は欲《ほ》しいと思うし」

『プルルンも、サイン、ほしー！』

「冗談《じょうだん》でしょう？」

ココがガブリエルのサイン入りの肖像画《しょうぞうが》を売り出したら、私は絶対に購入するだろう。

『プルルンのからだに、サイン、してー』

「あなたは私との契約印《けいやくいん》が刻まれているでしょうが」

『そうだったー！』

見事な話の落ち所であった。

と、ガブリエルとプルルンの面白《おもしろ》い会話に耳を傾けている場合ではない。

「着替《きが》えてくるわね。時間はそんなにかからないと思うから」

「支度《したく》が終わったら、声をかけてくださいね」

一度別れて、着替えを行う。

ドレスが並ぶ中で、衣装《いしょう》室の端《はし》っこが居場所と言わんばかりのワンピースを手に取る。

これは初めて私のお菓子が売れたとき、古着屋さんで購入した一着だ。

くたびれているものの、思い入れがありすぎて、スプリヌ地方に持ってきてしまったのだ。

まさかこれに、再び袖《そで》を通す日が訪《おとず》れるなんて。

最初は生地《きじ》がごわついていて、肌《はだ》が赤くなったものだ。今では皮膚《ひふ》も強くなって、どんな服でも難なく着こなせる。

お隣《となり》さんから貰《もら》った麦わら帽子《ぼうし》も持ってきた。

これを被って、少々華《はな》やかな髪色を目立たなくしよう。

ちなみにこの麦わら帽子は、さんさんと太陽が照りつく日に庭の草刈《くさか》りをしていたら、暑そうだから被りなさい、とお隣さんが渡《わた》してくれたのだ。

返そうとしたら、そのまま使っていいと言ってくれた。

その後、ガブリエルが私に野菜やお肉を贈《おく》ってくれるようになったので、恩返しとばかりにお隣さんにおすそ分けができるようになったのだ。

こうしてワンピースや麦わら帽子に触《ふ》れていると、下町での思い出が鮮《あざ》やかに甦《よみがえ》る。

慣れない下町暮らしは本当に大変だった。けれど、振り返ってみると、私の生きる力になっているような気がした。

なんて感傷に浸《ひた》っている場合ではなかった。急いで着替え、ガブリエルのもとへと向かう。

「ごめんなさい、ガブリエル。遅《おそ》くなったわ」

「いえ、私も今さっき、準備が終わったばかりです」

ガブリエルの装いは使い込まれたシャツに、年季が入ったジャケットを合わせ、裾が綻《ほころ》びているズボンを穿《は》いた、領内でよく見かける男性の恰好《かっこう》だった。帽子も被っているので、一目ではガブリエルとわからない。

「あら、新鮮でいいわね。眼鏡をかけていないけれど、大丈夫《だいじょうぶ》なの?」

「はい。今だけ魔法で視力を補助しています。長時間は使えないのですが、村を行き来する程度でしたら、問題ないかと」

「へえ、便利な魔法があるのね」

眼鏡を外すと美貌《びぼう》が際立《きわだ》っていて、村で目立ってしまうのではないか、と思ったものの、帽子を深く被るようなので問題ないのだろう。

「では、行きましょうか」

「お願いね」

今日は変装しているので、転移魔法で正体がバレないよう、村から少し離《はな》れた場所に着地するらしい。

ガブリエルが呪文《じゅもん》を唱えると、魔法陣《まほうじん》が浮《う》かび上がる。じわじわと眩《まばゆ》い光に包まれ、目を閉じている間に景色が入れ替《か》わった。

下り立ったのは村から少し離れた木陰《こかげ》。ガブリエルは私の手を優しく引いて、誘《いざな》ってくれた。

歩くこと五分ばかり。領内唯一《ゆいいつ》の村、シャグランに到着《とうちゃく》する。

ワイバーン便が到着したばかりなのか、村の出入り口に人が多い。さらに、先へと進んでいくと、食堂や商店街はいつもよりも賑《にぎ》わっていることがわかった。

変装が上手くいっているからか、観光客が多いからか、理由はわからないが、私達の変装に気付く者はいない。

なんとも平和に視察できている。誰《だれ》も気付かないのが面白くて、いたずらが成功した子どものように、私とガブリエルはこっそり笑ってしまった。

「それはそうと、思っていた以上の経済効果ね」

「本当に、ですよ。まさか自分自身の結婚《けっこん》が、このような状況をもたらすとは夢にも思っていませんでした。実際に目にしているのに、信じられないような気持ちでいっぱいです」

もともと国内には娯楽《ごらく》が少なく、何度も同じ観光地を行き来していた人々にとって、スプリヌ地方は新鮮に映っているのだろう。

「飽《あ》きられないように、これからいろいろ考えなければならないわね」

「ええ」

騎士《きし》も数名巡回《じゅんかい》しているようで、治安が悪いようには見えない。

子ども達も人の多さをさほど気にせず、普段通り楽しく遊んでいるように思えた。

「ひとまず、大きな心配はないようね」

「みたいですね」

安心したところで、私達はこそこそと屋敷《やしき》に戻ったのだった。

帰宅した私のもとに、一通の手紙が届けられる。

コンスタンスが銀の盆《ぼん》に載《の》せて運んできてくれた。

「フランセット様、王都からお手紙が届いております」

「あら、ありがとう」

父からか、それともそれ以外の人からか。

受け取った封筒《ふうとう》をひっくり返した先にあったのは、探偵事務所の刻印。

数ヶ月前、ガブリエルの父親を捜すために、依頼《いらい》していた結果が届いたのだろう。

足早に自室へと戻り、手紙を開封《かいふう》しよう。

引き出しの中を探ったものの、ペーパーナイフが見つからない。コンスタンスが銀盆の上に用意してくれていたのに、一緒に持ってくるのを忘れたのだ。

手で開封しようかと思った瞬間《しゆんかん》、プルルンが私の頭から離れ、触手を鋭《するど》くさせたものを差しだしてきた。

『フラー、ペーパーナイフとして、ごりようくださーい』

「あ、あら、プルルン、ありがとう」

プルルンが変化したペーパーナイフで封《ふう》を切って、便箋《びんせん》を手に取る。

そこには――王都や周辺の都市などでガブリエルの父親を捜索《そうさく》したところ、それらしい人物は見つからなかった、と書いてある。

生死すら謎《なぞ》だが、各地の墓に該当《がいとう》する人物の名前はなかったようだ。

とりあえず、生きてはいるようだが、依然として消息不明。

はあ、と盛大なため息が零《こぼ》れてしまう。

『フラー、どうかしたの?』

「それが、ガブリエルの父親が見つからなかったようで」

『そうだったんだー。ざんねーん』

プルルンの記憶《きおく》にも、ガブリエルの父親は残っているらしい。

『ガブリエルとけんかして、プルルンが、カピカピにかわきそうになっていたら、こっそり、みずをかけてくれたんだ』

「優しいお方だったのね」

『うん、そう！　だから、いなくなったとき、プルルンも、さみしかったんだよお』

プルルンも会いたがっている。義母はどうかわからないが、ガブリエルも話をしたいのかもしれない。

ここで諦めてはいけない。

そういえば、ガブリエルが父親の肖像画を義母に見つからないよう、こっそり保管していると話していた。

手がかりとなる顔の特徴《とくちょう》がわかれば、調査の幅《はば》も広がるだろう。

探偵はこれ以上の調査は難しいと書いていた。ならば、別の人に頼《たの》めばいいだけ。

私はペンを取って、ある人物に手紙を書いたのだった。

◇◇◇

ようやく、姉や母を迎《むか》える日が訪れた。

珍しく義母も緊張《きんちょう》しているようで、立ったり座《すわ》ったり、窓を覗《のぞ》き込んだりと、落ち着かない様子を見せている。

義母を支えるため、王都からモリエール夫人もやってきたのだが、目が泳いでいた。

「あの、お義母様、モリエール夫人、大丈夫ですか？」

「フランセットさんは落ち着いていますのね」

「わたくしとお姉様は、気が気でありませんの」

「えーっと、私もそれなりに緊張はしております」

ソワソワとした気持ちは胸の中にあるものの、一応家族なので、極限状態ではないのだろう。

モリエール夫人が、母はどのような人物なのかと聞いてきた。

「母はですね、普段はおっとりしているように見えるのですが、なんというか、こう、微笑みながらも瞳の奥《おく》は笑っておらず、常に虎視眈々《こしたんたん》と相手を見抜《みぬ》いているような、油断ならない人物です」

嘘《うそ》はまったく通じないので、おべっかは必要ない人なのだ。

「かしこまると、逆に母の警戒心《けいかいしん》が高まるかもしれないので、いつも通りでいいと思います」

的確な助言をしたつもりだったが、モリエール夫人は「そんな～」とか弱い声をあげる。

「元皇女様に普段通りに接しなければいけないなんて、とても難しいですわ」

「普通《ふつう》に暮らしていたら、お会いできない相手ですもの」

モリエール夫人は王都にいた時代、母と顔を合わせたことはなかったらしい。

「一度はご挨拶《あいさつ》をしたいって思っていたのですが、なかなかタイミングが合わずに今に至りますの」

「そういえば、母はあまり、社交界に顔を出さなかった気がします」

帝国《ていこく》とは礼儀《れいぎ》が異なり、また、遊び人だった父についていろいろ聞かれたくないからか、積極的に社交は行っていなかったような気がする。

姉がマエル殿下に婚約破棄《こんやくはき》された日だって、会場にはいなかったくらいだ。お茶会も開いていなかったし、国内の貴族との親しい付き合いもなかったような気がする。その代わりと言えばなんだが、帝国からの親しい友人はよく招いていた。

その繋《つな》がりもあって、母は姉を連れて帝国の社交界に返り咲《ざ》くことができたのだろう。

「フランセットさんのお母様にお会いするだけでも恐《おそ》れ多いのに、お姉様は皇太子妃《ひ》だなんて信じられませんわ」

モリエール夫人が義母の手を握《にぎ》り、一緒に頑張《がんば》ろうと奮い立たせていた。

義母の傍《そば》に彼女《かのじょ》がいてよかった、と思った瞬間である。

「あの、ガブリエルの様子を見てきますね」

「ええ、それがいいかと。わたくし達より、あの子のほうが心配かもしれません」

「ガブちゃん、とっても緊張しやすいから」

それを聞いて、さらに大丈夫か気になってしまう。急ぎ足でガブリエルの部屋へと向かった。

「ガブリエル、ちょっといい？」

扉《とびら》を遠慮がちに開くと、すぐに返事があった。

「フラン、いかがしましたか？」

「いえ、特に用事はないのだけれど、あなたの顔を見たくって」

ひょっこりと顔を覗かせたガブリエルは、顔色がすこぶる悪い。

目の下にはクマがくっきりと浮かんでいた。

「まあ、ガブリエル、どうかしたの？」

朝食は別々だったので、こうして顔を合わせるのは今この瞬間が初めてだったわけだ。

「いえ、昨晩、早めに布団《ふとん》に入ったまではよかったのですが、そこから眠《ねむ》れなくて」

なんでも今日の顔合わせに挑《いど》もうと気合いを入れるあまり、興奮して寝付《ねつ》けなかったらしい。

明け方に意識を失うように眠りに就《つ》いていたようだ。

「姉や母がやってくるまで数時間あるから、少し眠ったほうがいいわ」

「そう思って横になるのですが、まったく眠れなくて」

「だったら、私の膝《ひざ》を貸してあげるから、仮眠《かみん》しましょう」

ガブリエルの答えを聞く前に、腕《うで》を引いてソファへと誘う。

先に腰を下ろし、隣に座るよう促《うなが》した。

「あの、フランのお手を煩《わずら》わせてはいけない気がしてならないのですが」

「気にしないで、さあ、どうぞ」

隣をポンポンと叩《たた》くと、ガブリエルは抵抗《ていこう》を諦めたのか、ストンと座った。

「さあ、膝を枕《まくら》に眠ってちょうだい」

「しかし」

「私、寝かしつけには少し自信があるの」

そんなことを主張すると、ガブリエルからいったい誰を寝かしつけていたのだ、という質問を受ける。

「アレクサンドリーヌよ。嘴《くちばし》の下を掻《か》いてあげると、とろんとした目付きになって、五分としないうちに眠ってしまうのよ」

「アヒル……アレクサンドリーヌでしたか」

「ええ、そうよ。あなたも眠れるようにしてあげるから、身を任せてちょうだい」

私が熱烈《ねつれつ》にアピールするからか、ガブリエルは私の膝を枕に横になってくれた。

眼鏡を外してあげると、ソワソワと落ち着かない様子を見せている。彼《かれ》にとって、眼鏡は体の一部なのだろう。引き離されて、不安になったのかもしれない。

「眼鏡はここに置いておくわね」

「はい」

あとは瞼《まぶた》を手で覆い、視界を強制的に暗くしておく。頭を優《やさ》しく撫《な》でながら、子守歌《こもりうた》を口にしてみた。

慈善《じぜん》活動をするさいに、修道院で子ども達から教えてもらった歌である。

歌詞はところどころ忘れてしまったので、鼻歌交じりになってしまった。

恐らくこれでは眠れないだろうが、横になってゆっくり過ごしても体は休まる。横たわる姿勢こそ大事なのだろう。

歌が途切《とぎ》れ、続きはなんだったか、なんて考えていたら、スースーという規則正しい寝息《ねいき》が聞こえてきた。

驚《おどろ》くべきことに、私は寝かしつけに成功してしまったらしい。

ガブリエルの目元を覆っていた手を離すと、美しい寝顔《ねがお》が確認《かくにん》できた。

相変わらず、睫《まつげ》が長くて羨ましいと思ってしまう。肌もきれいで、お手入れのコツを聞きたいくらいだ。

私がじっと覗き込んでも、少し身じろいでも、起きる気配はない。

たった数分の短い時間の中で、熟睡《じゆくすい》してしまったようだ。

ここ数日、バタバタしていて疲《つか》れている上、緊張もしていたので上手《うま》く眠れていなかったのかもしれない。

彼はきっと、私を信頼《しんらい》し、身を預けてくれたのだろう。そう思うと、たまらなく愛《いと》おしく感じてしまう。

あと一週間後に、私はガブリエルと夫婦《ふうふ》になるのだ。

それがどうしようもなく嬉しくて、心が満たされていく。

こんな気持ちになるのは初めてだった。

きっと彼は私を幸せにしてくれる。

同じくらい、私も彼を幸せにしなければ、と改めて思ったのだった。

それから一時間ほど、ガブリエルは眠っていた。

途中《とちゅう》、彼自身がくしゃみをして、目覚めてしまったようだ。

「――はっ！」

顔を覗き込むと、ガブリエルはギョッとした表情を見せる。

「もしや、眠っていましたか？」

「ええ、一時間ほどぐっすり」

「なんてことを‼」

ガブリエルは素早《すばや》く起き上がり、深々と頭《こうべ》を垂れた。

「まさかフランの膝の上で一時間も眠っていたなんて、申し訳ありませんでした。……その、足が痺《しび》れていませんか？」

「いいえ、まったく」

「変な寝言《ねごと》とか、言っていたでしょう？」

「最初から最後まで、大人しく眠っていたわ」

歯ぎしりやいびきなども気にしていたが、まったくなかった。

「だったらよかったです。以前プルルンが、私はいびきや寝言が酷《ひど》い上に、寝顔が干したエイのようだと言われてしまい」

「干したエイは見たことないからわからないけれど、きれいな寝顔だったわ」

「いえ、そんなはずはないのですが」

寝顔だけは自分で確認できないだろう。今日のところは私を信じてほしい。

「ガブリエル、まだアデルお姉様やお母様がやってくるまで時間があるわ。もう少し眠ったらどう？」

「いえ、大丈夫です。フランが上手に寝かしつけてくれたおかげで、短い時間でも良質な睡眠《すいみん》が取れたのでしょう。先ほどまで感じていた眠気《ねむけ》と疲労《ひろう》感が、きれいさっぱりなくなっている気がします」

「だったらよかった」

今日までフルパワーで働いていたからか、急ぎの仕事もなく、時間までのんびり過ごせるらしい。

「元気を取り戻したのはいいのですが、顔色の悪さと目の下のクマをどうにかしたいですね。顔を洗ったら、マシになるでしょうか？」

「洗顔だけでは、難しいと思うの。それよりも、化粧《けしょう》をして顔色をよく見せることはできるわ」

「化粧、ですか」

ガブリエルはこれまでの人生の中で、一度も化粧をしたことがないらしい。

「化粧というのは、男性もするものなのでしょうか？」

「舞台《ぶたい》俳優はするでしょうけれど、それ以外の男性は聞いたことがないわね」

「なるほど」

ガブリエルは腕組《うでぐ》みし、眉間《みけん》に皺《しわ》を寄せながら、しばし考《かんが》え込むような仕草をする。

「抵抗があるならば、無理にとは言わないけれど」

「いいえ、お願いできますか？」

「大丈夫なの？」

「ええ。初めての化粧は緊張しますが、私のコンディションの悪さを露呈《ろてい》したくないので」

「わかったわ」

化粧は得意ではないものの、彼のために一肌脱《ひとはだぬ》ごうではないか。

部屋から化粧道具一式を持ち込み、ガブリエルの前に立つ。

「フランは自分で化粧ができるのですか？」

「ええ、まあ、覚えざるを得なかったと言うか……」

実家が没落《ぼつらく》する前は侍女《じじょ》がしてくれたのだが、没落後は化粧をする暇《ひま》すらなかった。

ただ、ガブリエルと婚約《こんやく》を結んだあとは、きちんと化粧をしようと思い立つ。

基礎的《きそてき》な化粧品を買い集めたのはよかったものの、やり方がわからずに絶望してしまった。

どうしようかと悩《なや》んだ挙げ句、侍女がしてくれた化粧の方法を一生懸命《いっしょうけんめい》思い出し、練習を繰《く》り返した結果、なんとかできるようになったのだ。

私が過去を振《ふ》り返り、遠い目をしていることに、ガブリエルは即座《そくざ》に気付く。

「すみません、聞いてはいけない話でしたね」

「いいえ、そんなことはないわ」

当時の状況を語って聞かせると、ガブリエルの表情がだんだん暗くなる。

「そうでしたね。化粧品も必要になりますよね。気が利《き》かず、フランが下町で暮らしていた時代に、食料ばかり送っていましたね」

「いいえ、そんなことないわ。食料が一番助かるの！　親切にしてくれたお隣さんにもお裾分《すそわ》けできたし、感謝しているわ」

「そう言っていただけると、救われたような気持ちになります」

話が大きく逸《そ》れてしまった。さっそく、化粧に取りかかろう。

「眼鏡を外して、しばらく目を閉じていてもらえる？」

「了解《りょうかい》です」

ガブリエルは素直《すなお》に眼鏡を外し、目を閉じる。

化粧水と美容クリームを塗《ぬ》り、クマ辺りには化粧下地を塗る。あまり厚く塗ると汗《あせ》でよれてしまうので、薄《うす》く重ねる作業を繰り返す。

仕上げにブラシでおしろいを塗ったら完成だ。

「あら、ガブリエル、思っていた以上にいい仕上がりよ」

鏡で見せてあげると、驚いた表情をしていた。

「化粧をするだけで、ここまで顔色がよく見えるのですね」

「あなたは肌がきれいだから、化粧映《けしょうば》えもするのよ」

今のガブリエルの美貌には、どこにも隙《すき》がないだろう。

もっと化粧を濃《こ》くしたら、中性的な妖精《エルフ》のようになりそうだ。

「フランのおかげで、心配事が減りました。ありがとうございます」

「どういたしまして」

残りの時間は二人で寄り添《そ》いながら、なんてことない会話をして、姉と母の訪問を待ったのだった。


コンスタンスがやってきて、姉と母をはじめとする、帝国の使節団が到着したと告げられる。

皆《みな》、視線で合図し、玄関《げんかん》まで迎えに行った。

ガブリエルや義母、モリエール夫人の緊張がヒシヒシと伝わってくる。

安心させるように、義母やモリエール夫人に微笑みかけ、ガブリエルの背中にそっと触れる。

きっと悪いようにはならないから、と彼の耳元で囁《ささや》いた。

コンスタンスが玄関の扉を開くと、姉と母が大勢の護衛を連れて登場した。

姉がマエル殿下《でんか》に国外追放されて以来の再会である。

三年ぶりくらいなのか。

記憶の中にあった姉よりも、ずっとずっと美しくなっていた。

皇太子妃としての威厳《いげん》もあり、ただその場に佇《たたず》んでいるだけで、周りを圧倒《あっとう》する空気をまとっていた。

まずはガブリエルに声をかける。

「初めまして、スライム大公。会えて嬉しいわ」

「お初にお目にかかります、皇太子妃。こちらのほうこそ、お会いできて光栄です」

ガブリエルは緊張など欠片《かけら》もないと言わんばかりの堂々たる様子で、姉に言葉を返し会釈《えしやく》していた。

「フランセットも、お久しぶりね。会いたかったわ」

背後には帝国の使節団がいる。ここでは皇太子妃として迎えなければならないのだろう。

「私も、皇太子妃にお会いできて、心から嬉しく存じます」

深々と会釈すると、頭を上げるように言われる。

一瞬《いっしゅん》、姉が寂《さび》しげな表情を浮かべたように見えたのは気のせいだろうか。

再度、視線を向けてみると、いつものクールな姉に戻っていた。

このあと、ガブリエルは使節団と会食を行う予定である。

ガブリエルは堂々とした様子で、皆を案内していった。

私は姉や母を客間へと案内した。これからお茶を囲んだあと、昼食を食べるよう手配してある。移動に疲れただろうから、ひとまず休ませたほうがいいだろうとスケジュールを組んでいたのだ。

義母やモリエール夫人も一緒《いっしょ》にお茶を飲むつもりだったのに、ここで想定外の事態となった。

母が客間の前で立ち止まり、ある提案をする。

「アデル、フランセットとゆっくりお話ししたいでしょう？　若い人達《たち》で、ひとまず楽しんだらいかがかしら～？」

母はおっとりした口調で、とんでもないことを言ってくれる。

我《わ》が家《や》では、母の言うことは絶対である。逆らわないほうがいいというのが定説だ。

頭の中で想定していた予定が、ガラガラと崩《くず》れた瞬間でもあった。

姉が拒否《きよひ》してくれたら回避《かいひ》できるものの、母の提案をあっさり受け入れる。

「それもそうね。フランセット、二人っきりで過ごしましょう」

「は、はあ」

気の抜けた返事をしつつも、私は素早くコンスタンスとリコに視線を走らせた。

客間の準備やお茶の配膳《はいぜん》など、問題ないようだ。

あとのことは、彼女らに任せていれば間違《まちが》いなど起きないだろう。

「そ、それでは皇太子妃、こちらの部屋へどうぞ」

「ええ、ありがとう」

姉は上品な足取りで、客間へ入る。ソファを勧《すす》めたが、背中を向けるばかりで動かない。

いったいどうしたのだろうか。

「アデルお姉様？」

「――っ!!」

姉は振り返った瞬間、私に抱《だ》きついてきた。

それだけでなく、涙《なみだ》を流している様子だったのでギョッとする。

「ど、どうかなさったのですか？　具合でも悪いのですか？」

「違《ちが》うの……。フランセット、ごめんなさい……！」

「な、何がですか？」

それ以上姉は質問に答えず、ただただ泣き続ける。何に対する謝罪なのか、心当たりがまったくなかった。

ひたすら姉の背中を撫でて、落ち着くのを待つばかりである。

その間、コンスタンスやリコは空気を読んでくれたのか、お茶を持ってこなかった。

五分後――ようやく姉の涙が止まった。

タイミングよく、コンスタンスがお茶とメレンゲを持ってきてくれる。

「アデルお姉様、このお茶はスプリヌ地方産のもので、とってもおいしいんです。メレンゲはベリー・ピューレをたっぷり使っていて、湖水地方のアヒル堂でも大人気なんですよ」

「フランセット、ありがとう」

顔色を悪くしていた姉だったが、温かな紅茶を飲むと、頬《ほお》に血色が戻《もど》ってくる。

「本当、おいしいわ」

メレンゲを食べた姉は、にこりと品よく微笑んでくれる。感想を聞かずとも、お口に合ったとわかった。

「フランセット、ごめんなさいね。取り乱してしまって」

「いえ……アデルお姉様らしくなくて、少し驚きはしましたが」

記憶の中の姉はいつでも冷静で、動揺《どうよう》なんて見せなかったのに、いったいどうしてしまった

のか。改めて聞いてみる。

「あの、いったいどうしたのですか？」

「あなたの顔を見たら、ついつい感情が高ぶってしまって……。ずっと、会いたかったから」

姉は私の手を握り、「結婚式《けっこんしき》に招待してくれて、ありがとう」と言ってくれた。

「私、ずっとあなたに恨《うら》まれていると思っていたの」

「ど、どうしてですか⁉」

「だって、私のせいで、あなたは酷い目に遭《あ》ったでしょう？」

「それは――アデルお姉様のせいではありません」

「でも、マエル殿下の女性関係をきちんと管理できなかったのは、私の落ち度だから」

姉は遠い目をしながら、婚約破棄がいかに悔《くや》しかったか、語り始める。

「妃教育で、王族に嫁《とつ》ぐ女性は皆、きちんと愛人の管理をするように、と習ったの」

そういった女性を把握《はあく》し、行動のすべてを配下に置かなければ、足を掬われてしまう。

ただそれは、結婚後のマニュアルとして指導されていたらしい。

「まさか、結婚前から愛人を傍に置くなんて、誰が予想できたかしら」

「は、はあ」

なんでも姉は結婚してから、マエル殿下の愛人を見繕《みつくろ》い、偶然《ぐうぜん》を装って近付けようと計画していたようだ。

「マエル殿下が私みたいな堅苦《かたくる》しい女を好むなんて思っていなかったから、最初から覚悟《かくご》を決めて嫁ぐつもりだったわ」

けれども姉の緻密《ちみつ》な愛人計画はあえなく頓挫《とんざ》し、婚約破棄を言い渡されてしまう。

「マエル殿下はハニートラップに引っかかってしまっただけで、きっと、裏で糸を引く人がいたに違いないの」

姉は妙《みょう》に勘《かん》が鋭いところがあるので、もしかしたら間違っていないのかもしれない。

すべては終わってしまった話ではあるが。

「あなたのことも、何度も帝国に呼び寄せたいって、お母様と話したの。けれどもお母様は、フランセットは頑固《がんこ》だから無理矢理《むりやり》連れてこない限り、国を出ないだろうって諭《さと》されて……」

母は私のことをよくわかっていたようだ。きっと、あの頃《ころ》の私はいくら説得されても、帝国へは行かなかったに違いない。

「お母様はずっと、フランセットのことはお父様にお任せしましょうって言っていたから、それなりの暮らしをしているものだとばかり思い込んでいたわ」

「それに関しては、黙《だま》っていて申し訳ありませんでした」

「この問題に関しては、諸悪の根源はお父様だわ。本来、下町暮らしをせずに、いい暮らしができたはずなのに」

父は流されるまま、下町で暮らし、身の回りのことは愛人任せにしていた。

「私、お父様を許していないから。結婚式で会ったら、一発だけ頬を叩いてしまうかもしれないわ」

姉は叩くと言ったものの、拳《こぶし》を握っていた。結婚式で流血沙汰《ざた》だけは避《さ》けてほしいのだが。

「その、叩いたときにアデルお姉様がケガしそうで怖《こわ》いので、やめてくださいませ」

「フランセット、止めないで。以前から、お父様の腐《くさ》れきった性根《しょうね》を正さないといけないと思っていたのよ。いい機会だから、私が正義の鉄槌《てっつい》を下すわ」

姉はこうと決めたら絶対に揺《ゆ》るがない人で、私が止めても聞かないのだろう。

今は父が姉の攻撃《こうげき》を上手く回避することを願うばかりであった。

「お父様もだいぶ変わったんですよ」

「そんなの、信じられないわ」

「一度騎士《きし》隊に拘束《こうそく》されて、反省したようです」

今は愛人全員と縁を切り、母が送《おく》り込《こ》んだ従僕《じゅうぼく》アンドレとささやかな暮らしを送っている。

私個人としては、父が家族に迷惑《めいわく》をかけなければそれでいいと思っていた。

そんな考えを告げると、「甘《あま》い！」と怒《おこ》られてしまう。

「私、あなたからの手紙を受けて、いったい何が起こったのか、お父様を問い詰《つ》めたの」

そこで姉は、私が父の帰らない家で独り暮らしをし、食べる物に困る生活をしていたばかりではなく、愛人と共に逃《に》げた父の罪をなすりつけられたことを知ったらしい。

「フランセット、あなたはお父様に対して、事件について私に報告すると宣言していたけれど、実際は言わなかったのね」

「お母様にはきちんと言いました。けれども、アデルお姉様はお父様の話なんて聞いている暇はないだろうって思っていて――」

結婚前で忙《いそが》しかっただろうから、と後回しにしていた理由を説明する。

「フランセット、あなたはお父様のこと、ろくでもない人でなしとは思わなかったの？」

「今でも思っています。お父様がしたことは、今でも許していませんから」

「そうでしょう？　あなたは酷い目に遭ったのだから、お父様は同じくらい辛い目に遭うべきなのよ！」

姉は父に対し、烈火《れっか》のごとく怒っているようだ。こんなふうに感情をあらわにする姉を見るのは初めてだと言っても過言ではないだろう。

「その、アデルお姉様。どんなに酷い目に遭っても、やはり目には目を歯には歯を、というやり方は間違っていると思います」

「あら、どうして？」

「もしもそのような行動に出たら、逆に誰かが報復してくる可能性も捨てきれないからです」

それにわかりやすい罰《ばつ》を与えたら、父も許してもらえたと勘違《かんちが》いするだろう。

「父にはこれから永遠に、罪悪感と共に生きていただこうと思っています。だから、私は父をきつく叱《しか》ったり、叩いてスッキリしたり、しようとは思わないのです」

「フランセット……」

姉は眉尻《まゆじり》を下げ、泣きそうな顔で見つめる。

そんな姉の手を握って、大丈夫だからと瞳《ひとみ》で訴《うった》えた。

「私は、あなたのために何もできないのね」

「いいえ、こうして怒ってくださっただけでも、不思議とスッキリするような気持ちになりました」

おそらく、姉が初めて見せた激しい怒《いか》りだったからだろう。

「それにしても、驚きました。アデルお姉様も、怒ることがあるんだと思って」

「当然よ。これまでは、ずっと我慢《がまん》していたの」

未来の王妃《おうひ》として教育を受けていた姉は、常に感情を表に出さず、静かな湖面のように精神を保つよう教師から指導されていたらしい。

「でも、帝国に行ってからは、夫にそれは間違っているって言われて、少しずつだけど、思ったことや感じるものごとを、素直に受け止め、自分の感情として出せるようになったのよ」

「そうだったのですね」

「だから、あなたが最初、私に皇太子妃と呼びかけたとき、悲しくて、泣きそうになってしまったわ。使節団がいる場で泣くわけにはいかないって思って、必死に耐《た》えたけれど」

あのとき、姉が一瞬悲しそうな表情を浮かべたのは、見間違《みまちが》いではなかったようだ。

「アデルお姉様、私の代わりに怒ってくださって、ありがとうございます。もう、それだけで十分ですので、これ以上、お気を煩《わずら》わせないでくださいね」

「フランセット……あなたは本当に、優しい子ね」

「アデルお姉様には敵《かな》いませんわ」

ここでやっと、垂れたり、つり上がったりしていた姉の眉《まゆ》が元に戻る。

そんな姉の耳元でこっそり、二人っきりのときはこれまでのように姉妹《しまい》として振《ふ》る舞《ま》っていいのか、という今さらながらの質問をぶつけてみた。

「もちろんよ、フランセット。あなたは世界でただ一人の、大切な妹なのだから」

そう言って、姉はこれまで見た中でもっとも美しい微笑《ほほえ》みを見せてくれたのだった。


わだかまりを完全に消化した私達は、近況《きんきょう》で盛り上がる。

姉は私の夫となるガブリエルについて、聞きたかったようだ。

「あなたがスライム大公と婚約を結んだと手紙で報告を受けたときは、信じられないほど驚いたわ。その、思い込みだったのだけれど、あなたはアクセル殿下と結婚するものだと思っていたから」

姉は国外追放を言い渡され、帝国へ渡る前に、アクセル殿下と会ったらしい。

「そのときに、アクセル殿下はフランセットのことは任せるようにと、言ってくれたのよ」

「えー、その、それに関しては、アクセル殿下はきちんと約束を守ってくださいました。あのあとすぐ、私の後見人になると申し出てくれたので。すぐにお断りをしましたが」

「まあ！　フランセット、あなたはどうして、受け入れなかったの⁉」

「アクセル殿下は奪《うば》われそうになったメリクール公爵《こうしやく》家の爵位《しやくい》を守ってくださったんです。それだけでもありがたいのに、これ以上迷惑をかけてしまうなんて、心苦しかったので」

「そう……」

ただ、下町で暮らしていたおかげでガブリエルやプルルンと出会えた。

それらは私自身の頑張りが掴《つか》み取った幸福だろう。

「ですから、私は今の幸せは過去の頑張りの報酬《ほうしゅう》だと思っていますし、これからもそんな人生を送るんだろうな、と考えております」

「過去の頑張りが今の幸せに……。そうね、その通りだわ」

不幸は回避できないものの、だからと言って嘆《なげ》いてばかりでは、幸せは訪《おとず》れないと思っている。

前向きに生きていたら、何かいいことが起こるだろう、と信じて疑わなかった。

「この歳になっても、あなたから学ぶことはたくさんあるのね」

「私のほうこそ、アデルお姉様から学んでばかりです！」

普段《ふだん》の振る舞いだって、姉を参考にしている。姉のお手本がなければ、堂々とした様子を周囲に見せることはできなかっただろう。

「だったら、これからもお互《たが》いに高め合いましょうね」

「はい！」

姉と私はこれまで会えなかった日々を振り返り、言葉を交《か》わす。話は尽《つ》きなかった。

「そういえば、スライム大公ってどんなお方なの？」

「とても繊細《せんさい》で、優しい男性《ひと》です」

「なんだか完全無欠で、クールな印象があったけれど」

「ふふ」

姉のイメージを聞いていたら、下町の家でのガブリエルとの邂逅《かいこう》を思い出してしまう。

「フランセット、どうかしたの？」

「いえ、彼との出会いを思い出してしまって」

無頼漢《ぶらいかん》に襲《おそ》われそうになった瞬間、ガブリエルが生け垣《がき》の隙間《すきま》から登場し、頭に葉っぱを付けながらも助けてくれたのである。

「スライム大公って、面白《おもしろ》い人なの？」

「ええ、楽しいお方なんです。いつも、私を笑わせてくれるんですよ」

「そう。なんだか近寄りがたいように思えたのだけれど、そうではないのね」

「ええ。気さくなお方なんです」

私が気になるのは、姉に結婚を申《もう》し込んだ皇太子についてだ。

幼少期に会って言葉を交わしたことがあるようだが、私の記憶にはこれっぽっちもない。

「皇太子様はどんなお方なの？」

「そうねえ……。明るくて聡明《そうめい》なお方だけれど、裏では何を考えているのか、まったくわからないのよ。腹芸が得意と言えばいいのかしら？」

どうして結婚相手として選ばれたのか、いまだにわからないと姉は振り返る。

「もしかしたら、皇太子様は幼少期から、アデルお姉様のことが好きだったのではないのです

「だって、未来の皇帝《こうてい》に、婚約者《こんやくしゃ》がいなかったなんて、ありえないと思うんです」

「それもそうね」

ちなみに姉は、幼少期に皇太子と出会った記憶がしっかり残っているらしい。

「あれは六歳《さい》か、七歳くらいだったかしら？　手を繋いで庭を駆《か》け回って、木登りを教えてもらったの」

「お姉様が木登りを？」

「ええ。でも、夫が木から落ちてしまって――あ！」

何か思い出したのか、姉は口元に手を当てる。

「何か思い出したのですか？」

「ええ。そのとき、夫は額を切ってしまったの。大したケガではなかったのだけれど、私は動転して――」

姉は泣きながら「責任は取るから！」などと意味もわからずに言ってしまったらしい。

こういった場合の責任とは、結婚《けっこん》することである。

「もしかして、夫は当時の記憶が残っていて、私と結婚するつもりだったのかしら？」

「でも、当時からアデルお姉様はマエル殿下の婚約者だったのですよね？」

「ええ」

「どうかしら？」

か？」

「だったら——」

もしや、マエル殿下にハニートラップを仕掛《しか》けるよう命じたのは、皇太子だったのでは？　という疑惑《ぎわく》が浮《う》かんでくる。

マエル殿下による婚約破棄は、帝国の皇族を軽《かろ》んじる行為と見なされてもおかしくない。抗議《こうぎ》がなかったのは、皇太子が仕向けた計画だったからなのではないか、と思ってしまう。

「フラン、どうかしたの？」

「い、いいえ、なんでもありません！」

さすがにそこまではしないだろう、と可能性を打ち消した。

「な、何はともあれ、いろいろありましたが、こうしてアデルお姉様とお話しできる今を、幸せに思います」

「私もよ」

今回、スプリヌ地方に一週間滞在《たいざい》する件に関して、皇太子を説得するのに時間がかかったらしい。

「結婚してから一度も里帰りをしていないのに、酷い話でしょう？」

「アデルお姉様のことが心配だったんでしょうね」

「そうだとしても、過保護が過ぎるわ」

普段の外出も、簡単には許してくれないほどなのだとか。

「よく許してくれましたね」

「皇帝、皇后、両陛下とお母様が一緒になって説得してくれたの」

「さ、さすがお姉様です」

頼《たよ》りになる強力な味方が、帝国内にいるようだ。

そんなわけで、せっかく帝国を離《はな》れたので、思う存分羽を伸《の》ばすつもりらしい。

「フランセット、明日は村のお祭りにも行ってみたいわ」

「ええ、ぜひ！　ご案内します」

それからも姉との会話を楽しんだのだった。


夕方になると、国内の外交官達もやってきて、晩餐会《ばんさんかい》が開かれた。

スライム大公家の屋敷《やしき》に、このように大勢の要人が集まるのは初めてらしい。

ガブリエルや義母はたいそう緊張すると言っていたものの、傍から見る限り、そういうふうには見えなかった。

出される料理は料理長と共に考えたものだ。

先付け《アミューズ》は食前酒と相性《あいしょう》がいい、ザリガニの泳ぎ姿のマリネ。春先のスプリヌ地方には、脱皮《だっぴ》をしたあとの、やわらかいザリガニがたくさんいるらしく、それを殻《から》のまま和《あ》えて食べるようだ。この食べ方はとても珍《めずら》しいようで、会話が弾《はず》んでいた。

前菜《オードブル》はスプリヌ地方で旬《しゅん》を迎えた、川海老《かわえび》のテリーヌと軟白サラダ菜《エンダイヴ》の蒸《む》し煮《に》。

スープは朝採れグリンピースのポタージュ、魚料理《ポワソン》はマスのクリーミーパイ、口直しのベリー氷菓《ソルベ》を挟《はさ》んでから、肉料理《ヴィアンド》の家禽《かきん》の丸焼きを出す。

食後の甘味《デセール》はアーモンド・スフレとスプリヌ地方産のフランボワーズを用意してもらった。

そのどれもが、豊かなこの地で採れた食材を使って作った料理である。

どれも好評で、さまざまな方向からおいしい、という言葉が聞き取れた。

終始、和《なご》やかな雰囲気《ふんいき》のまま、晩餐会は幕を閉じる。


食事が終わると、男女に分かれて歓談《かんだん》する。

男性陣《だんせいじん》はビリヤードを楽しみ、女性陣《じょせいじん》はお茶を囲んでお喋《しゃべ》りに花を咲《さ》かせる。

今回、使節団や国内の外交官達は妻を帯同《たいどう》していないので、私と姉、母と義母、モリエール夫人、と身内だけが集まる結果となった。

昼間、母は義母やモリエール夫人とどのようにして過ごしていたのか。

私と姉の話が盛り上がってしまったので、様子を窺《うかが》えなかったのである。

ちらりと様子を盗《ぬす》み見ると、思いのほか、和やかな雰囲気だった。

その視線に気付いた母が、話しかけてくる。

「フランセット、優しいお姑《しゅうとめ》さんでよかったわねえ」

「は、はあ、おかげさまで、のびのび暮らしております」

明日は母のために王都から行商を呼んでいるようで、一緒にお買い物を楽しむらしい。

「私達は明日、お祭りに行く予定でして」

「そうなの。姉妹水入らずで、楽しんでいらっしゃいねえ」

「はい、そのつもりです」

ガブリエルは結婚式当日まで、外交官達との話し合いに参加するらしい。

祭りの最終日くらいは、一緒に行けたらいいのだが。

「ここは自然豊かで料理もおいしいし、皆親切だから、今度はもっとゆっくり滞在したいわあ」

母はスプリヌ地方をお気に召《きめ》してくれたらしい。姉も深々と頷《うなず》いている。

「今度は、お兄様とお義姉様も連れてこようかしら～」

母にとっての兄と義姉というのは、皇帝と皇后である。

義母とモリエール夫人は目を極限まで見開き、ガタガタと震《ふる》えていた。

さすがに、皇帝、皇后、両陛下をスプリヌ地方に迎《むか》え入れるのだけは勘弁《かんべん》してほしい。

ガブリエルが聞いたら、気を失ってしまうだろう。

すかさず、姉が母に指摘《してき》してくれた。

「お母様、お義父様とお義母様をこちらに呼んだら、逆に迷惑をかけてしまうわ」

「ふふ、そうだったわ。気が利かなくって、ごめんなさいねえ」

母にとって皇帝夫妻は家族なのだろう。ただ、とてつもなく偉《えら》い立場にいる方々であることは自覚しておいてほしい。

一時間ほどでお茶会はお開きとなる。

楽しい一日だったが、終わってみると疲労が蓄積《ちくせき》しているような気がした。

ココが沸《わ》かしてくれたあつあつのお風呂《ふろ》にゆっくり浸《つ》かる。

眠《ねむ》る前になって、ガブリエルに会いたくなってしまった。

今日一日、まともに会話していないのだ。

ただ、彼も疲れているだろう。そう思っていたが、プルルンがある情報を教えてくれた。

『フラー、ガブリエル、めがバッキバッキだったよお』

それは眠れない夜に見せる顔だと言う。

「だったら、私が会いに行っても、迷惑ではない？」

『ぜんぜん！　むしろ、ガブリエル、よろこぶ！』

「だったら、少しだけお話をしに行こうかしら。プルルン、付き合ってくれる？」

『もちろん！』

寝間着《ねまき》の上からガウンを羽織り、プルルンを胸に抱いてガブリエルの部屋を目指す。

扉《とびら》から灯《あか》りが漏《も》れていたので、まだ起きているようだ。

「ねえ、ガブリエル、私、フランセットよ。起きてる？」

もしも眠っていたら大変なので、控《ひか》えめに声をかけてみた。

すると、すぐに扉が開かれる。

「フラン!!」

私を見るやいなや、ガブリエルはぎゅっと抱きしめてきた。

私とガブリエルの間に挟まれる形となったプルルンは、『ひらべったくなっちゃう～～』と声をあげていた。

「今、あなたに会いたいと思っていたところだったんです！」

「奇遇《きぐう》ね。私もよ」

プルルンは私達の間からするりと脱出《だっしゅつ》し、『あとは、わかいふたりで〜〜！』なんてどこで覚えたかわからない言葉を残して去っていった。

「ねえガブリエル、少し話してもいい？」

「もちろんです。どうぞこちらへ」

ガブリエルの私室のテーブルには、珍しくワインが置かれていた。まだ栓《せん》は抜《ぬ》いておらず、グラスは空だった。

「あら、一人でお酒を飲むなんて、珍しいわね」

「ええ、あまり得意ではないので、普段はまったく飲まないのですが」

使節団がお土産《みやげ》として、持ってきてくれたらしい。話のネタにするために、飲んでおいたほうがいいだろう、と考えていたようだ。

「ただ、いざ準備をして前にしたら、ぜんぜん飲む気分にはなれなくって。酒の試飲をフランと一緒にしていたので、自分の中で、酒はフランと飲むものだ、と勝手に決めつけていたようです」

「そんなふうに思ってくれていたのね。嬉《うれ》しいわ」

私も、一人だったらとても飲む気にはならない。お酒はガブリエルと二人で、楽しく飲むものなのだろう。

「フラン、お願いがあるのですが、少し飲みませんか？」

「ええ、お付き合いするわ」

ガブリエルは音もなく器用に栓を抜き、真っ赤なワインをグラスに注いでくれた。

最初の一杯《いっぱい》はほんの少しだけ。

「フラン、乾杯《かんぱい》しましょう」

「なんに対してがいいかしら？」

「そうですね」

「ひとまず、今日という日を乗り越《こ》えた頑張《がんば》りに、とか？」

「それもいいのですが、私はまず、フランの今日一日の頑張りを称《たた》えたいな、と思いまして」

私よりも、頑張ったのはガブリエルだろう。

「ガブリエル、私なんてぜんぜんよ。あなたの立派な大公ぶりのほうが、賞賛に値するわ」

「でしたら、互いに頑張っていたということにして、今日は私の妻となる、世界一美しい女性、フランを称えるために乾杯をしましょう」

ガブリエルは言い切ったあと、耳まで紅潮《こうちょう》していた。

「あなた、アデルお姉様を迎えたあとで、よく私の美しさを称えることができるわね」

ガブリエルは私の言葉が理解できないとばかりに、小首を傾《かし》げている。

「あの、今日、アデルお姉様を見て、なんとも思わなかったの？」

「すみません。しっかり顔を合わせたはずなのに、あまり思い出せなくって」

「嘘《うそ》でしょう⁉」

社交界の紅薔薇《ばら》と名高かった姉の顔をよく覚えていないなんて、我が耳を疑ってしまう。本当に信じられない。

「すみません、王都でも見かけていたはずなのですが」

「私の数百倍、アデルお姉様のほうが美人なのに！」

「そうなのですね」

ここまで訴えても、ガブリエルはピンときていなかった。なんでもこれまで、ガブリエルは私以外の女性の見分けがつかなかったらしい。

「同じような髪型《かみがた》に、同じようなドレス、同じような話題に、同じような雰囲気——そんな女性が集まる夜会で、見分けなんてつきません」

「たしかに、それはわかる気がするわ」

社交を主な目的とする夜会に、皆、こぞって似たような恰好《かっこう》でやってくる。

加えて流行の化粧を施《ほどこ》すため、どうしても顔の系統が似てしまうのだろう。

どうやって記憶《きおく》していたのかと言うと、髪色《かみいろ》と鼻の形を名前と共に脳内に叩《たた》き込んでいたのである。これは姉から教えてもらった方法で、実行し始めてからは知人の呼び間違いを避けることができたのだ。

「正直、今もあまり年若い女性の見分けはつきません。フラン、あなただけが特別で、美しいと思ってしまうのです」

「そ、そう？　だったら、ずっときれいでいるよう努力しないといけないわね」

「いえ、美しいというのは見た目ではなく——あ‼　もちろん、フランはおきれいです‼」

普段は物静かで、大きな声を出すことがない彼《かれ》が、珍しく力いっぱい主張してくれた。

それだけでは終わらず、ガブリエルはさらに自らの想《おも》いを訴えてくる。

「その、以前フランが私に言ってくれたような、内面の美しさを愛しているんです。きれいなだけのものならば、この世にたくさんありますから。でもそういったものは、永遠ではありません。けれども内なる光はずっとフランの中に在って、いつまでも輝《かがや》き続けるんです。それが私にはとても眩《まぶ》しく、尊いものだと思っています」

その後、ガブリエルは喋りすぎたと思ったのか、照れ隠《かく》しをするようにグラスを掲《かか》げる。

「ガブリエル、ありがとう。とても嬉しいわ」

ただの乾杯で、こんなにも心が満たされるなんて、思ってもいなかった。

ワインを贈ってくれた使節団には深く感謝しないといけない。

「それはそうと、姉君との再会はいかがでしたか？」

「思っていたよりもずっと平和で、穏《おだ》やかな時間を過ごしたわ」

「よかったです。ずっとどうだったか、心配していました」

皆の前で私は姉をずっと皇太子妃《ひ》と他人行儀《ぎょうぎ》に呼んでいたので、何かあったのではないか、と気がかりだったらしい。

「打ち解けた関係であると認識《にんしき》されてしまったら、私の存在がアデルお姉様の弱点になる可能性があるから、あの態度で正解だと思っているの」

「なるほど。皇太子妃が溺愛《できあい》する妹――たしかに、目を付けられたら危険ですね」

「でしょう？」

明日、姉と〝家禽騎士隊祭《かきんきしたいさい》〟に遊びに行くと話したら、十分気をつけるように言われた。

「絶対にプルルンを連れていってください」

「わかったわ」

姉のほうは護衛騎士《きし》が大勢取り囲むようなので、心配いらないだろう。

「私も同行できたらいいのですが」

明日はアクセル殿下がやってくる日で、ガブリエルは一日中対応に当たるらしい。

「スプリヌ地方に各国の要人が何人も集まるなんて、夢にも思っていませんでした」

「きっとこのことは国内でも、帝国《ていこく》でも大きく報じられるはずよ。世界中の人達は、スライム大公家が気になるはずだわ」

「信じられない話ですね」

ガブリエルとの結婚をきっかけに、スプリヌ地方は大きく発展するだろう。

今後もきっと忙しくなるに違いない。

私は彼が無理しないように監視《かんし》しつつも、しっかり支えなければならない。

ガブリエルは二杯目のワインを飲み干す。

すでにお酒が体に回っているようで、顔が真っ赤になっていた。

「ガブリエル、明日もあるから、今日はこれくらいにしておきましょう」

「そうですね。ただ、眠れるかどうか……」

目はとろんとしているのだが、眠気《ねむけ》はまったくないらしい。

「だったら、今朝みたいに、あなたを寝《ね》かしつけてあげましょうか？」

「いいのですか？」

「もちろん」

眠る支度《したく》があるというので、しばし部屋で待たせていただく。

途中《とちゅう》、コンスタンスを呼んでテーブルの上を片付けてもらった。

勢いで申し出たものの、時間が経《た》つごとに恥《は》ずかしくなってくる。ワインを一杯しか飲んでいないのに、自分でも気付かないうちに酔《よ》っていたのだろうか？

今さら取り消すことなどできないだろうから、必死に羞恥心《しゅうちしん》に耐えることとなった。

待つこと十五分ほど——ガブリエルから声がかかる。

「フラン、お待たせしました」

「え、ええ」

寝室《しんしつ》は続き部屋になっていて、サイドテーブルに置かれたスライム灯がぼんやりと光るばかりで薄暗かった。

「フラン、部屋に戻るときは、このスライム灯を持っていってくださいね」

「ありがとう」

ここに足を踏《ふ》み入れたのは初めてである。なんだかドキドキしてしまって、気が気でない。

「なんか、自分からお願いしておいて、酷《ひど》く照れてしまうのですが」

「私もよ」

お互いに緊張《きんちょう》していたようで、笑ってしまう。

結婚前の男女が、こうして寝室に一緒にいること自体がありえないのに、私達はいったい何をやっているのか。

今日一日、さまざまなことがありすぎて、何が普通《ふつう》で、何がそうでないのか、よくわからなくなっているのかもしれない。

「フラン、やめましょうか?」

「いいえ、大丈夫《だいじょうぶ》。あなたを見事に寝かしつけてみせるわ!」

やる気を示すと、ガブリエルは噴《ふ》き出すように笑った。

「だったら、お願いします」

「ええ、任せてちょうだい」

会話をするうちに、恥ずかしい気持ちも和《やわ》らいでいった。

彼がぐっすり眠れるように、お役目を果たすときがきたようだ。

ガブリエルが寝台《しんだい》に横たわったので、ブランケットを被《かぶ》せてあげた。

寝台の傍《そば》に置かれた椅子《いす》に腰《こし》かけ、体をぽんぽんと叩く。

加えて、囁《ささや》くような小さな声で、子守歌《こもりうた》を歌うように語りかける。

「ガブリエル、あなたは今日一日、とっても頑張ったわ。ゆっくり休んで……」

動作と語りかけを繰《く》り返すうちに、スースーという規則正しい寝息《ねいき》が聞こえてきた。

五分と経たずに、ガブリエルは深い眠りに就《つ》いたらしい。

本当に眠気はなかったのか、と疑ってしまうくらいの熟睡《じゆくすい》っぷりだった。

どうやら私には、ガブリエルを寝かしつける才能があるらしい。

今後、ガブリエルが眠れない夜は、実力を発揮できそうだ。

ガブリエルが用意してくれたスライム灯を手に取り、立ち上がる。

声を出さずに彼に「おやすみなさい」と言ってから、寝室を去ったのだった。

◇◇◇

〝家禽騎士隊祭〟の初日を迎えた。

今日まであちこち奔走《ほんそう》したので、感慨深《かんがいぶか》いと思ってしまう。

ガブリエルは一足先に村に向かい、村長らと最後の打ち合わせをしているらしい。そのあとは、お昼前にやってくるアクセル殿下《でんか》をお迎えする大役を担《にな》うという。

忙しい一日になりそうだ。

今朝は姉や母、義母やモリエール夫人と共に朝食を取った。

皆《みな》、よく眠れたようで何よりである。

昨夜、私は少し緊張していたのか、一時間ほど寝台の上でごろごろと寝返《ねがえ》りを打っていた。

最終的にプルルンを抱きしめて目を閉じたら、ぐっすり眠れたのだ。

朝はすっきり目覚めたので、よい睡眠《すいみん》が取れていたのだろう。

母達《たち》は今日、ニオイスミレの花畑を見に行くらしい。姉が祭りへ一緒《いっしょ》に行かないか、と誘《さそ》ったものの、初日は人が多いだろうから、と断られた。

どの日なら人出が少ないだろうか？　と聞かれたものの、〝家禽騎士隊祭〟の開催《かいさい》は初めてなので、まったくわからなかった。

母は人混みの中でもみくちゃにされたくないようで、「来年行こうかしら～」なんて呟《つぶや》いている。そのほうがいいかもしれない、と頷いてしまった。

皆と別れ、身なりを整える。

今日はどのドレスを着ていこうか。なんて悩《なや》んでいたら、姉がやってきた。

「アデルお姉様、どうかなさったの？」

「ねえ、フランセット。私、面白いことを思いついたのよ。聞いてくれる？」

生まれて初めて受ける、姉からの提案である。

いったい何を言いだすのか、少しドキドキしてしまった。

「私とあなたの服を入れ替《か》えてみない？」

「それは――お互いに変装するってこと？」

「ええ、そう！　幼い頃、一度だけしたでしょう？　あれをまたやりたいの」

そういえば、そんな遊びをした覚えがあるような。

姉と私は二歳違《さいちが》いだが、私の身長がぐんぐん伸びていたからか、体格はそう変わらなかった。

それをいいことに、服を交換《こうかん》し、入れ替わる遊びをしていた。

姉とは顔立ちや髪色などが違《ちが》うので、パッと見ただけでわかる。けれども侍女《じじょ》や乳母《うば》は、私達の入れ替わりに気付かない振《ふ》りをして、遊んでくれたのだ。

「アデルお姉様、きっとすぐにバレてしまいますよ」

「髪《かみ》は変装用に用意していた鬘《かつら》があるし、身長は靴《くつ》で調節できると思うの」

現在も私のほうが背は高い。その分、姉は踵が高い靴を履《は》けばいいと主張する。

「踵が高い靴で歩き回ったら、アデルお姉様が疲《つか》れてしまいますよ」

「慣れっこよ。帝国でも、踵が高い靴で視察に行っているから」

「な、なるほど」

姉から「お願い！」と頼《たの》みこまれると、断れなくなる。

「でも、顔立ちはどうにもならないと思うのですが」

「化粧《けしょう》でどうにかなるわ。私に任せてちょうだい」

なんでも姉は身代わりの侍女に、自分と同じ化粧を施し、顔を似せることを得意としているらしい。その技術を、今日、お披露目《ひろめ》してくれるようだ。

「こういうのは、きっと今日しかできないだろうから！」

「でも……」

どうしようか迷った。

しかしながら、姉の命を狙《ねら》う者がいた場合、私が身代わりになれる。

それならば、いいのではないか。

なんて思いと、周囲の者達を騙《だま》すのはどうなのか、という思いがせめぎ合う。

「フランセット、お願い!!」

結局、押《お》し切られ、私は姉と入れ替わることとなった。

「ドレスの寸法は、少し調節したほうがいいかもしれません」

見た限り、どうも姉のほうが細い気がする。姉のドレスを着られるのか、少し心配になってしまった。

「大丈夫よ。旅で体がむくんでいるかもしれないと思って、大きめに作ってあるの」

「それを聞いて安心しました」

姉が持ってきたドレスは、帝国産の宝石がたっぷり縫《ぬ》い付けられている、贅《ぜい》を尽くした一着である。

一方、私が選んだのは、村の職人に仕立ててもらった、ダックブルーのドレスだ。

「フランセットのドレス、緑がかった青で、とってもきれいな色ね」

「村で飼育されている家禽の、原種の羽色に似ている生地《きじ》を選んだんです」

「もしかして、〝家禽騎士隊祭〟だから？」

「ええ。村の女性達と話し合って、初日はダックブルーのドレスを着ようって決めていまして」

「今日、私が着てもよかったの？」

「もちろん」

私は結婚式《けっこんしき》の日以外、毎日ダックブルーのドレスをまとうつもりで数着仕立てていた。そのため、姉が着てもまったく問題ない。

「じゃあ、さっそく着替《きが》えましょう」

「そうですね」

姉は侍女を変装させるために持ってきていた鬘を貸すと言ったものの、髪色はプルルンに変化してもらうことにした。

「スライムで鬘を作るの？　そんなの聞いたことがないわ」

「見ていてくださいね」

ここで初めて、プルルンを紹介《しょうかい》する。

姉は人語を理解し、喋るプルルンを前に驚《おどろ》いている様子だった。

『フラのおねーさま、よろしくねえ』

「え、ええ、よろしく」

プルルンが伸ばした手を、姉は恐《おそ》る恐るといった様子で握《にぎ》り返していた。

姉と私は同じ部屋で身なりを整える。姉は侍女を呼び、私はココに手伝ってもらった。

ダックブルーのドレスは姉には大きいようで、侍女がところどころ寸法を詰めていた。

一方、大きめに作っていたという姉のドレスは、私にぴったりだったわけである。

「フランセット、ドレス、大きくない？」

「ええ、その、ぴったりです」

「そう、よかったわ」

果たしてよかったと言えるのか……。なんとも切ない気持ちになってしまう。

ドレスをまとったあとは、プルルンに姉の髪に変化してもらい、侍女の指示で帝国風の髪型を真似《まね》てもらう。

「その子、鬘に変化できる上に、髪も結《ゆ》えるなんて天才ね」

「そうなんです。プルルンはすごいんですよ」

「私もお迎えしたいわ」

プルルンみたいなできるスライムは、その辺にはいないだろう。ガブリエルと共に、長い年月をかけて成長していった、唯一無二《ゆいいつむに》の存在なのだ。

「さて――私は準備ができたわ」

ダックブルーのドレスをまとい、ココが化粧を施した姉は、パッと見では私に見える気がした。これに帽子《ぼうし》を被ったら、別人だと気付かれないだろう。

「なかなかいい感じじゃない？」

「はい。思っていた以上に、私に見えます」

ココは絵が上手で、かわいらしいデフォルメ画から、写実的な肖像画《しょうぞうが》など、さまざまなジャンルを得意としている。

おそらく顔面をキャンバスに見立て、私に似るように化粧を施してくれたのだろう。

さすがココだと褒《ほ》めると、照れたように微笑んでいた。

私の化粧は、姉が担当する。

「フラン、じっとしていてね」

「アデルお姉様、私は小さな子ではないので、大人しくできます」

「そうだったわね。でも、幼少期のあなたはとってもお転婆《てんば》だったから」

私の記憶にはないものの、姉が一瞬《いっしゅん》目を離した隙《すき》に、どこかへ行ってしまい、乳母や侍女と共に捜し回る、ということがあったと言う。

「ドレスが入ったチェストの中で眠っていたり、カーテンの裏に隠れていたり、あなたは天才的にどこかへ身を潜《ひそ》めるのが上手《うま》かったの」

「耳が痛い話です」

記憶に残っている姉は、すでに妃教育を始めていて、私と遊ぶ暇《ひま》なんてなかった。

けれども、思っていたよりも私は姉と一緒に過ごしていたらしい。

楽しい日々だっただろうに、まったく覚えていなかった。

「私はあなたが可愛《かわい》くって、ぬいぐるみみたいに抱《だ》きしめたかったの。でも、ぜんぜんじっとしていなくって。仔犬《こいぬ》みたいに、バタバタと動き回っていたわ」

「そ、そうだったのですね」

幼少期の話をしているうちに、化粧が仕上がったようだ。

姉の侍女が姿見を運んできてくれる。

「まあ、すごい！　まるでお姉様だわ！」

いい感じの仕上がりに、驚いてしまう。遠くから見たら、姉にしか見えないだろう。

普段は踵のある靴を履いているのだが、それだと姉ではないとバレてしまう。そのため、ぺたんこの靴が用意された。

姉が踵のある靴を履くと身長差が埋まるので、きっと入れ替わりはバレないだろう。

「ねえ、フラン。護衛騎士にも、お互いの恰好を変えていることを内緒《ないしょ》で出かけてみない？」

「さすがにそれは危険なのでは？」

「大丈夫よ！」

こういう機会なんて二度と訪れないだろうから、と頼みこまれてしまう。

「わかりました。でも、事情を把握《はあく》しているアデルお姉様の侍女と、ココは連れて行きますからね」

「もちろんよ」

アデルお姉様の侍女には、絶対に離れないよう言っておいた。

ココにも、私とはぐれないよう、しっかりついてくるように命じておく。

「あとは――お互いになりきれるかどうかも重要ね」

見た目だけではなく、喋《しゃべ》り方《かた》なども変えないといけない。

「私のことは、フランセットと呼び捨てにするのよ。あなたのことは、アデルお姉様と呼ぶからね」

「は、はあ」

上手くできる気がしないのだが……。

「少し練習してみましょう」

姉が「ここから先は入れ替わりよ！」と宣言し、ぽん！　と手を叩いた。

「アデルお姉様、お祭り、楽しみですね」

「え、ええ。そ、そうね」

普段の喋り方や振《ふ》る舞《ま》いは姉を参考にしていたはずなのに、いざ、本人を前にすると、どうしていいのかわからなくなってしまう。

それを見た姉に演技が下手だと思われてしまったようで「なるべく話しかけないようにするわ」と言われてしまった。

「では、アデルお姉様、〝家禽騎士隊祭〟に行きましょう!!」

姉が演じる私は少々元気過ぎるような気がするものの、傍から見たら私はこんな感じなのだろうな、と思うことにした。

そんなわけで、私達は入れ替わったまま〝家禽騎士隊祭〟に出かけることとなる。

ガブリエルから村へ繋《つな》がる転移魔法《まほう》の魔法札《スクロール》を預かっていたので、移動は一瞬である。

村の出入り口に下り立つと、そこにはすでに大勢の人々がいた。

私の周囲を護衛騎士が十名ほどでがっちり固め、姉の周囲は国が派遣《はけん》してくれた騎士が三人で守っている。

姉のほうの警備が薄《うす》くないかと思ったものの、姉が数名でいいと言ったので、少数精鋭《せいえい》となったわけである。

ぎゅうぎゅうに押しつぶされそうな人出だが、姉はどこか楽しそうだった。

「アデルお姉様、すごい人ですね！」

「本当に」

ハラハラしつつ、言葉を返した。

いつも一緒にいる護衛騎士に正体を見抜かれてしまうのでは、と思っていたものの、信じられないくらいバレていない。姉は常に踵の高い靴を履いているからか、いつもより背が高い、と思わないのだろう。

姉のほうは、周囲がダックブルーのドレスの女性ばかりだからか、私だと認識されていないようだ。

「アデルお姉様、お店がたくさんあります！」

「ええ、そうね」

姉は明らかにはしゃいでいる。

なんでもこういったお祭りに行くこと自体、生まれて初めてだったらしい。

きっと、教育係から禁じられていたのだろう。

私は王都のお祭りには何度か行ったことがある。姉と違ってなんの責任もなく、自由気ままに育てられたのだな、としみじみ思ってしまった。

行き交《か》う人々には、笑顔《えがお》が溢《あふ》れている。

今日まで大変だったが、無事、お祭りが開催できてよかった。

〝家禽騎士隊祭〟という名を冠《かん》しているからか、出店ではアヒルをモチーフにした品がたくさん販売《はんばい》されていた。

姉はアヒルのお面が気になったようで、変装にもいいと言って購入《こうにゅう》する。

他にも、アヒルの飴《あめ》細工や、アヒルの磁器置物、アヒルを模《かたど》った焼き菓子《かし》など、さまざまな商品が売られている。

「アデルお姉様、見て、あの行列は何を売っているのでしょう？」

「あ、あちらは――」

姉が指し示した方角にある出店は、おそらく湖水地方のアヒル堂だろう。

ココに視線で助けを求め、説明するよう促《うなが》す。

「あちらはフランセット様が経営なさっている、湖水地方のアヒル堂のお菓子を求める行列だと思われます」

「そうなのね！　すごいわ、あんなに人気なのね！」

姉は演技を忘れ、素に戻ったようだ。

ただ、このとてつもない人混みの中で気にする者はいない。

「フランセット、疲れていない？」

「いいえ、ぜんぜん。とっても愉快《ゆかい》な気持ちよ」

楽しんでくれているようで、何よりである。

想定以上の人の多さで、私は気が気でないのだが。

人の流れが、ある方向へと進んでいた。

私達はどこに行くのかもわからず、人波に呑《の》まれてしまう。

「フランセット、この先は何があるの？」

入れ替わっているのに、姉は私にフランセットと呼びかけている。

この状況《じょうきょう》では、混乱するのも無理はないのだろうが。

護衛騎士達《きしたち》も周囲の人々から私達を守るのに精一杯《せいいっぱい》のようで、姉が演技を忘れている違和感《いわかん》に気付いていない。

「この先にはアヒルレースの会場があるの。きっと皆、そこに向かっていると思うわ」

「アヒルレースってなんなの？」

「アヒル達を走らせて、予想が当たった人達が、湖水地方のアヒル堂のお菓子を貰《もら》える催《もよお》しなんだけれど」

「そう。だったら、私達も参加しましょう」

まさか姉がアヒルレースに参加するなんて……。

別にお金を賭《か》ける遊びではないので、まあいいか、と思ってしまった。

歩くこと五分ほどで、アヒルレースの会場に行き着く。

一回目のレースということで、大勢の人々が押しかけていた。

「フランセット、あちらで投票用の紙を買うみたい」

「え、あ、ちょっ、アデルお姉様⁉」

姉は私に向かって話しかけたあと、人波に呑まれてしまう。最悪なことに騎士達や侍女をその場に残し、忽然《こつぜん》と姿を消してしまった。

「え……嘘……？」

全身の血の気が引き、くらくらと眩暈《めまい》を覚える。

ショックを受けている場合ではない。すぐに対策を打たなければならないだろう。

私はすぐさま、周囲にいた護衛騎士達に正体を明かす。

「あの、ごめんなさい。私、姉――皇太子妃と入れ替わっていたの！　私の恰好をしているのが姉で、たった今、いなくなってしまったわ！」

瞬時《しゅんじ》に言葉の意味を理解した護衛騎士達は、サーッと顔色を悪くする。

すぐさま、姉の捜索《そうさく》を開始した。

国から派遣された騎士全員にも、姉を捜すように頼み込《こ》む。

私もココと共に一人だけ残った騎士を引き連れ、姉を捜した。

茶色い髪を、ハーフアップにした女性――。

「アデルお姉様⁉」

肩《かた》を掴《つか》んで顔を覗《のぞ》き込んだものの、別人だった。

「ご、ごめんなさい。人違《ひとちが》いだったみたい」

アヒルレースの会場は、ダックブルーのドレスをまとい、アヒルの仮面を付けた人ばかりだった。私の髪色に似た人々も大勢いるので、どれが姉だかわからない。

「ど、どうしましょう!!」

『フラー、おちついてー』

「え、ええ、そうよね」

『まずは、ガブリエルに、ほうこくしよう』

「そうだわ」

残っていた騎士に、ガブリエルに知らせるよう命じる。

すぐに屋敷に戻《もど》れるよう、ガブリエルから預かっていた魔法札を彼に託《たく》した。

騎士が転移魔法で消えるのを確認《かくにん》してから、姉の捜索を再開する。

「お姉様、アデルお姉様!!」

ちょうど、アヒルレースが始まったようで、私の声は人々の歓声《かんせい》にかき消されてしまった。

まさか、姉がいなくなってしまうなんて……!

入れ替わったりしなければよかった、と後悔《こうかい》が押し寄せる。

プルルンが木に登って、高い位置から確認してくれた。けれども、姉の姿は見つからなかった。

途方《とほう》に暮れていたところに、魔法陣《まほうじん》が浮《う》かび上がる。

騎士が戻ってきたのかと思っていたが、現れたのはガブリエルだった。

「フラン!!」

いきなり私を抱きしめたので、どうしたのかとびっくりしてしまう。

「先ほど、〝スライム大公の婚約者《こんやくしゃ》フランセット嬢《じょう》を誘拐《ゆうかい》した、返してほしければ要求に応えろ〟という脅迫状《きょうはくじょう》が届いたんです。生きた心地《ここち》がしませんでした！」

「き、脅迫状ですって⁉」

なんでも誘拐を知ってすぐに、私の居場所がわかるブレスレットの反応を使い、ここまで転移魔法を使ってやってきてくれたようだ。

「私は誘拐されていないわ」

「でしたら、他人をフランと勘違《かんちが》いして、誘拐したということですか？」

「あ――！」

私は最低最悪の可能性に気付いてしまう。

「もしかして、私の代わりにアデルお姉様が誘拐されてしまったの⁉」

「なっ⁉　いったいどうして、フランと皇太子妃を間違《まちが》えるのですか⁉」

「そ、それは――」

どうやら報告にやった騎士はガブリエルと入れ違いになってしまったらしい。彼は私と姉の入れ替わりを把握していなかった。

「というわけで、私と姉は姿を入れ替えた状態でお祭りに参加していたの」

「そうだったのですか」

「ごめんなさい。軽率《けいそつ》だったわ」

「ひとまず、反省は皇太子妃を救出してからにしましょう」

「そ、そうね」

脅迫状には〝フランセットの身柄《みがら》は預かっている。返してほしければ、真珠養殖《しんじゅようしょく》の資料とすべての真珠《しんじゅ》と母貝を寄越《よこ》すように〟と書いてあった。

人質《ひとじち》との引き換《か》えは深夜、場所を指定するから待つように、と書いてある。

手紙は大きな鷲《わし》が運んできて、すぐに飛び立ってしまったようだ。

「いったい誰がこのようなことを……!?」

真珠養殖《しんじゅようしょく》事業について、スプリヌ地方で知っている者はごく僅《わず》かである。それ以外では、エミリーだけが把握している情報だ。

領民やスプリヌ地方に出入りする観光客の犯行とは思えない。

「事情を知る母や、一部の使用人が口外するとは思いません」

「だったら――」

以前エミリーが、困った身内がいる、なんて話をしていたのを思い出す。

「まだ確信はないのですが、犯人はおそらくオーガ大公の身内でしょう」

決めつけるのはよくないが、彼ら以外に真珠を狙う者など思いつかなかった。

ガブリエルは私の手をそっと握り、額に当てる。

「フランが、私が贈《おく》ったスライム水晶《すいしょう》のブレスレットを身に着けてくれていたおかげで、すぐに合流ができました」

「ええ、そうね」

代わりに姉が攫《さら》われてしまったので、よかったとは言えないが……。

「不審《ふしん》な人がいないか調査したいのですが、祭りの人混みではどうにもなりませんよね」

「ええ……でも、祭りが目的ではなく、様子がおかしい人は領民達の目に不審に映るはずだわ」

「では、祭り会場に行って、話を聞いて回りましょう」

ココには転移魔法の魔法札を託し、母や義母、モリエール夫人に姉が誘拐された可能性がある、と報告するように頼んだ。

「ガブリエル、アクセル殿下にも協力を仰《あお》ぎましょう」

「そう、ですね」

姉に何かあれば、国際問題になってしまう。

アクセル殿下は予定通りお昼前に到着《とうちゃく》し、スライム大公家に滞在《たいざい》しているという。来て早々に迷惑《めいわく》をかけるのは申し訳ないが、今回ばかりは力を借りるしかないのだろう。

「プルルンは、屋敷《やしき》にいるアクセル殿下に事情を話して、竜《りゅう》に乗って上空から捜すよう、頼むことはできますか？」

『プルルンに、おまかせあれ〜』

ガブリエルの転移魔法で、プルルンはアクセル殿下のもとへと送られた。

私達は祭り会場を目指す。

「祭りを中止にして捜索したいところですが、この人混みは制御《せいぎょ》できるものではないでしょう」

下手な行動に出たら、逆に混乱を招くことにもなる。

このまま捜索を続けたほうがいいのだろう。

ガブリエルはスライム達を召喚《しょうかん》し、姉を捜すよう命令する。

スライムに驚かないよう、姿を隠す透明化《とうめいか》の魔法もかけていた。

大量に召喚されたスライムは散り散りとなっていく。

「私達は領民に話を聞いて回りましょう」

出店や商店は、お客さんの対応で不審者《ふしんしゃ》を気にする余裕《よゆう》なんてないのだろう。「きっと犯人側も、祭りの人混みは避《さ》けるはずです」

ならば、と向かったのは宿が多くある通りである。現在、観光客はお祭り会場にいるため、比較的閑散《ひかくてきかんさん》としていた。

宿の外で軽食を販売していた女性に、話を聞いてみる。彼女《かのじょ》は朝からずっと、ここに立って接客をしていたらしい。

「ここ数時間の間に、怪《あや》しい人を見かけた覚えはないかしら？」

「怪しい人、ですか？」

「ええ。少し挙動不審《きょどうふしん》だったり、観光客とは異なる服装だったり、目がぎらついていたり、そんな人を見かけなかったかしら？」

女性は少し考え込《こ》む様子を見せていたが、単独ではなく、複数かもしれないと言うと、ピンときたようだ。

「ああ、そういえば、朝からお祭り会場に行かずに、森のほうへ向かって行った男性二人組ならいました。五十代前後の中年男性だったような気がします」

「森のほう？」

「ええ」

村から南西に行くと深い森があるものの、スライムが大量発生しやすく、誰も立ち寄らない場所だという。

「その二人組を先ほども見かけまして、いったい何をしに来たんだ、と気になっておりました」

何やら大きな荷物を載《の》せた荷車を引き、焦《あせ》った様子で駆《か》けていったという。

もしかしなくても、荷車に乗っていたのは姉だろう。

荷車は盲点《もうてん》だった。お祭り会場も、アヒルレースの会場も、多くの荷車が行き来している。その中に姉が乗っているなど、想像もしていなかった。

「森から帰ってくる様子は見かけなかったのに、再度、彼らがお祭り会場のほうからやってきたものですから、余計に不審だな、と思いまして」

もしかしたら、空を飛ぶ幻獣《げんじゅう》を使役《しえき》しているか、何か特殊《とくしゅ》な魔法を扱《あつか》えるのかもしれない。

女性に感謝し、ひとまず村を出る。その先には、目が眩《くら》みそうな広大な森が広がっていた。

「フラン、森を捜索するとなれば、人が必要ですね」

「ええ……」

無計画に捜索して、見つかる広さではないのだろう。

アクセル殿下の竜で上空から捜すこともできるだろうが、木々が重なり合い鬱蒼《うっそう》としているため、目視では難しいだろうとガブリエルは言う。

「一度持ち帰り、使節団と外交官のチームに報告したほうがいいのか」

そんな話をしていたら、上空を大きな影《かげ》が通過した。

「あれは――」

「アクセル殿下の竜だわ！」

両手を振ると、アクセル殿下は地上へ降りてくる。

竜は開けた噴水《ふんすい》広場に着地したようだ。

颯爽《さっそう》と現れたアクセル殿下の肩には、プルルンが乗っていた。

「アクセル殿下！」

「遅《おそ》くなった。して、状況は？」

ガブリエルが不審人物について報告すると、思いがけない提案が上がった。

「ならば、竜の特殊器官で、森にいる不審者の魔力《まりょく》を探《さぐ》ろうではないか」

竜の鞍《くら》はアクセル殿下の他にもう一人ならば跨《また》がることが可能らしい。

「同行するのはスライム大公と」

「私も行くわ！」

もちろん、竜に乗って同行するのではなく、プルルンの体内に入れてもらった状態で運んでもらうのだ。

アクセル殿下は言っている意味がわからない、という視線を私に向ける。

説明するよりも、実際に見てもらったほうが早いだろう。

「プルルン、お願い」

『りょうかーい』

プルルンは大きく口を広げ、私を一口でぱくん！　と飲み込んだ。

ガブリエルはプルルンを大切そうに抱き上げ、アクセル殿下に声をかける。

「急ぎましょう！」

「そうだな」

アクセル殿下の竜に跨がり、上空から捜索する。

姉が失踪《しっそう》してからさほど時間は経っていないので、そう遠くには行っていないだろうが……。

竜は助走などせず翼《つばさ》の力だけでぐん！　と大きく飛び立った。

「きゃあ！」

あまりの速さに体がついていかず、悲鳴を飲み込めなかった。

そんな私に気付いたガブリエルが、言葉をかけてくれる。

「フラン、大丈夫です。私がしっかり抱《かか》えていますので」

「え、ええ、ありがとう」

あっという間に森に着き、竜は人の魔力を感知したようだ。

「この辺りに着地できそうな場所はないな」

アクセル殿下の呟きを聞いて、せっかく発見できそうなのに、と悔《くや》しい気持ちになる。

「どうすればいいの？」

「フラン、ここから下りますが、目を閉じていたほうがいいかもしれません」

「え⁉」

「舌を噛《か》まないよう、奥歯《おくば》をしっかり噛みしめておいてください」

それはどうして？　と口に出す前に、ガブリエルは竜から身を乗り出し――。

「――ッ‼」

プルルンを小脇《こわき》に抱えたまま飛び下りる。

よくよく見たら、ガブリエルの胴体《どうたい》には黒いスライムがロープ状になって巻きついていた。

スライムのロープは上空に伸《の》びており、竜の足と繋がっているようだ。

飛び下りる私達に向かって、アクセル殿下が叫《さけ》んだ。

「増援《ぞうえん》を呼んでくるゆえ、地上でしばし待っていてくれ！」

返事をする暇もなく、竜の姿はどんどん遠ざかっていった。

地上が近付いてくると、ガブリエルは思いがけない行動を取る。

「スライム達よ!!」

ガブリエルに使役されたスライムが大量に召喚され、ひとつの大きなスライムと化す。

それがクッション代わりになって、無事、着地できたのだった。

「フラン、大丈夫ですか?」

「え、ええ、まあ……」

プルルンの体内にいたので、衝撃《しょうげき》はすべて吸収してくれた。まったくダメージはない。

ロープ状になっていた黒いスライムは、ガブリエルの胴体から離《はな》れて元の形に戻っていた。

「この辺りは、アヒルレースの会場からどれくらい離れているのかしら?」

「歩いて一時間ほど、でしょうか? おそらく転移魔法を使って移動したのでしょう」

「そうでしょうね」

村の中で転移魔法を使うと目立ってしまうので、外に出てから使ったのだろう、とガブリエルは推測する。

「フランはしばらくプルルンと一緒にいてください」

「わかったわ」

ガブリエルは警戒《けいかい》しながら先へと進む。

しばらく進むと、少しだけ開けた場所に出てきた。

「これは――!?」

そこには天幕が張られていて、人影《ひとかげ》が見えたのだ。

プルルンの中にいるからだろうか、五感がいつもより冴《さ》え渡《わた》っている気がする。耳を澄《す》ませたら、会話が聞こえてきた。

——このお嬢さん、夜まで大人しくしてくれますかねえ。

——気が強そうだから、追加の睡眠魔法《すいみんまほう》でもかけておくか。

一人は四十代から五十代くらいで、もう一人は三十歳《さい》前後の男達である。

この辺りでは見慣れない、革製《かわせい》のジャケットをまとっていた。

袖《そで》部分に、輝《かがや》く何かを縫い付けている。プルルンに報告すると、双眼鏡《そうがんきょう》のような形に変化した。すると、私の目が遠くまで見えるようになったのだ。

あれはオーロラ真珠だ！

もしかしなくても、彼《かれ》らはオーガ大公領からやってきた者で間違いないだろう。

すでにガブリエルも男達に気付いていたようで、唇《くちびる》に指を当てて静かにするように、とスライム達に指示を出していた。

「フラン、これから私は男達を捕《と》らえます。その間に、プルルンと一緒に皇太子妃《ひ》を捜してくれますか？」

ガブリエルの言葉に、プルルンと一緒に頷《うなず》く。

姉は天幕の中に寝《ね》かされているに違いない。無事だといいのだが……。

まず、ガブリエルは囮《おとり》の黒いスライムを仕込《しこ》んだ。

草むらから突然《とつぜん》飛び出し、男達を驚かせる。

ガサガサ、と大きな音を鳴らし、黒いスライムが飛び出してきた。

「うわっ⁉」

「なんだ⁉」

『がお～～～～!!』

スライムの鳴き声はがお～ではない気がするが、とにかく隙を突《つ》いて驚かせることには成功したようだ。

「なんだ、こいつ！　結界を展開しているのに、入ってきやがった！」

「普通《ふつう》のスライムとは違うようです！」

スライムだらけの森で結界もなしに潜伏《せんぷく》しているわけがない。どうやら彼らは魔法に精通しているようだ。

ちなみにテイムされたスライムは魔物《まもの》と認識されないので、魔物除《まものよ》けの結界は通過してしまうのである。

男達が黒いスライムに気を取られている間に、ガブリエルはスライム達に命令する。

「彼らを捕らえてください！」

ロープ状に変化したスライムが、男達の全身に巻きついていく。それだけでは終わらず、木の枝に巻きついて、宙づり状態にした。

「ぎゃあああああ!!」

「うあああああああ!!」

ガブリエルが私とプルルンに視線を送った。すぐさま天幕のほうへ急ぎ、中に姉がいないか確認した。

「アデルお姉様⁉」

「ううん」

ダックブルーのドレスをまとった姉が、天幕の中で横たわっていた。

ここで、プルルンが外に出してくれる。

姉のもとへと駆け寄り、容態を確認した。

「アデルお姉様、大丈夫《だいじょうぶ》ですか⁉」

『フラ、ねむっているだけだから、へいきだよ～』

強制睡眠の魔法がかかっているらしい。しばらくすれば目覚めるだろうとプルルンが教えてくれた。

手足を縛《しば》られていたので、プルルンが変化したナイフで切る。口元にも布が当てられていたので、解いてあげた。

ロープで強く縛っていたからか、姉の手首と足首がほんのり赤くなっている。

それ以外に外傷はないようだ。

「よかった……本当によかった！」

なんて、ホッとしたのも束《つか》の間《ま》のこと。

突然、天幕が大きく傾《かたむ》いた。

『オオオオオオ!!!!』

空気がビリビリ震《ふる》えるような、雄叫《おたけ》びが聞こえた。

「なっ――!?」

『フラ!!』

プルルンが私を飲み込み、天幕の外へ勢いよく飛び出した。

「きゃっ!」

プルルンの中から見上げると、思いがけない光景が広がっていた。

巨大《きょだい》な泥人形《ゴーレム》が、姉がいる天幕を高く持ち上げていたのだ。

「俺達《おれたち》を解放し、要求した物を用意しなければ、あの女の命はないぞ!!」

依然《いぜん》として男達は拘束《こうそく》されているようだが、土の中に潜伏させていた泥人形を使って生成逆転を図《はか》ったようだ。

「スライム大公、動くなよ」

「な、何もしなければ、危害は加えませんので」

せっかくここまで追い詰《つ》めたのに、まさか泥人形を使役していたなんて。

ガブリエルは悔しそうに顔を歪《ゆが》めながらも、男達を睨《にら》みつけている。

泥人形はプルルンに気付いているようで、先ほどから踏《ふ》みつけようとしていた。

「そこのピンクスライムも動くなよ!」

『ううう、ひきょ――!!』

どうすればいいのか。姉の天幕はかなりの高さまで持ち上げられている。下手に手を出したら、姉が天幕から落ちてしまうだろう。

「まず先に、俺達から下ろせ」

「丁重《ていちょう》に、お願いしますよ」

ガブリエルがスライム達に指示を出そうと手を掲《かか》げた瞬間《しゅんかん》、上空から何かが降ってきた。

「なーにバカなことをやっているんですかー!!」

四十代から五十代くらいの男に、隕石《いんせき》のような跳《と》び蹴《げ》りが繰《く》りだされる。

「へぶっ!!」

「ち、父上!!」

続いて三十歳前後の男の頬《ほお》にも、拳《こぶし》がヒットした。

「うぎゃ!!」

二人はスライムと繋がっているため、地面に叩《たた》きつけられず、宙をぼよんぼよんと跳《は》ねていた。共に気を失っているようで、白目を剥《む》いていた。

そんなことはさておき、やってきた人物を見て驚く。

「みなさん、遅くなりました!」

「エミリー様!?」

空から降ってきたのは、エミリーだった。

「伯父《おじ》と従兄《いとこ》が迷惑をかけたようで、なんと謝罪していいのやら……」

やはり、犯人はオーガ大公領の者だった。まさか、エミリーの身内だったなんて、衝撃で言葉が出てこない。

魔法を扱っていたのは従兄だったようで、呪文《じゆもん》を詠唱《えいしよう》できないよう、エミリーは口にハンカチを詰め込んでいた。伯父のほうも、口うるさいからと言って、布をきつく巻きつける。

ガブリエルはすぐさま泥人形にスライムを集中させ、巻きついて動けないようにする。姉がいる天幕もスライム達が丁重に取り上げ、下ろしてくれた。

今度こそ、姉を助ける。

プルルンの中から出て、姉を抱きしめた。涙《なみだ》がじわりと溢れ、泣いてしまう。

「アデルお姉様、アデルお姉様!!」

「ううん……」

姉の瞼《まぶた》がそっと開かれる。泣いている私を見て、ギョッとしていた。

「まあ、フランセット、どうかしたの?」

「アデルお姉様、苦しいところや、痛いところはありませんか?」

「ないわ。本当にどうしちゃったの?」

どうやら姉は誘拐された自覚はなかったらしい。

なんでもアヒルレースの会場での記憶《きおく》が最後だったようだ。

おそらく魔法で睡眠《すいみん》状態になり、転移魔法でここまで連れてこられたのだろう。

ひとまず危害は加えられなかったようで、心から安堵《あんど》した。

これまであったことを姉に説明すると、驚《おどろ》きの表情を浮かべる。

「フランセット、あなたが助けにきてくれたのね」

「私だけでなく、ガブリエルやエミリー様が駆けつけてくれまして」

「エミリー様？」

「あちらにおられる、オーガ大公です」

制裁を終えたエミリーが、こちらへ駆けつけてくる。

姉を前にするなり、平伏《へいふく》した。

「あなたがエミリー？」

「はい。オーガ大公、エミリーでございます。この度《たび》は我《わ》が領の不届き者の犯行により、大変なご迷惑をおかけしましたことを、深く謝罪いたします」

姉はまだ混乱しているようで、あとでゆっくり話をしよう、と言っていた。

まずは、安全なところに姉を連れていかなければ。

転移魔法で森の外まで移動すると、アクセル殿下《でんか》が騎士《きし》隊を率いて調査を始めようとしているところだった。

中には帝国《ていこく》の騎士も交ざっていて、国を問わず指揮下においていた。

国内の騎士だけでなく、帝国の騎士をも従っていたのは、アクセル殿下の人徳によるものだろう。

ガブリエルが無事、姉を発見し、犯人を確保したことを告げると、アクセル殿下は安堵した表情を見せていた。

姉は侍女《じじょ》や護衛騎士に囲まれ、安全な場所に移動したようだ。

姉を発見できてよかった、なんて考えていたら、エミリーがやってきて声をかけた。

「あの、他の方はおケガなどありませんでしたか!?」

「おかげさまで、私もガブリエルも、スライム達も無事よ」

「よ、よかったです」

なんでもエミリーはブライズメイドとして私の手伝いをするため、早めにやってきていたらしい。先に手紙も送ったようだが、それが届くよりも先に到着してしまったようだ。

「偶然《ぐうぜん》ドラゴン大公と出会いまして、フランセットさんとスライム大公がピンチだ、と聞いたものですから」

事情は竜の背中に跨がった状態で聞いたらしい。

「真珠養殖の技術や母貝目的に、フランセットさんを誘拐するなんて、伯父の仕業《しわざ》としか思えなくて……！」

エミリーは拳を握《にぎ》り、怒《いか》りに震えているようだった。

それにしても、あの高さから飛び下りて大丈夫だったのか、と聞くと、まったく問題ないと言葉を返す。

「領地では、崖《がけ》から飛び下りて獲物《えもの》を捕《つか》まえる伝統的な猟《りょう》がありまして、高いところから飛び下りるのは慣れているんですよ」

「そ、そうだったの」

何はともあれ、犯人は捕まった。

協力してくれたすべての人達に感謝しなければならないだろう。


そのあとすぐに姉と共にスライム大公家に戻り、母に安否を告げる。

思いのほか、母は落ち着いていて、姉を見るなり「あら、戻ったのねえ」とおっとり返す。

「お、お母様、アデルお姉様がいなくなったと聞いて、驚かなかったのですか？」

「あら、驚いたわよお。でも、フランセットやスライム大公、アクセル殿下が解決してくださると信じていたから、やっぱりそうだったのね、と思っただけよお」

念のため、義母が医者を呼んでいたらしい。本人は大丈夫だと言っているが、一度診察《しんさつ》を受けたほうがいいだろう。

「アデルお姉様、事件に巻き込んでしまい、申し訳ありませんでした」

「フラン、悪いのは私だから、気にしないで」

「いいえ、そんなことは」

「あるわ。お祭りに行こうと言ったのも、入れ替《か》わろうと提案したのも、私だから」

姉は私を抱《だ》きしめ、可能な限り騒動《そうどう》が大きくならないように努めると囁《ささや》いてくれた。

「フランセット、あなたは何も心配しなくてもいいわ」

「はい、ありがとうございます」

その後、姉の身柄は母や帝国の護衛に託される。

義母は姉が誘拐されたと聞いて、気が気でなかったらしい。

「皇太子妃に何があったらと考えたら、呼吸すらまともにできないほどでした」

「お義母様、ご心配をおかけしました」

「フランセットさんは悪くありません。絶対的に悪いのは犯人で、彼らだけ罪悪感を覚えればいいのです」

「そう、ですね」

義母の顔色はいまだに悪く、モリエール夫人が水を飲ませたり、背中を摩《さす》ったりしていた。

彼女が義母の傍《そば》にいてくれてよかった、と心から思う。

「皇太子妃が無事発見されたのはよかったものの、帝国との間で大きな問題にならないとよいのですが……」

「お義母様、その辺は姉が取り持ってくれるようです」

心配ないとは言えないものの、今は姉を信じて待つしかないだろう。

その後、エミリーの伯父を調査したところ、信じられない事実が明らかとなる。

なんでもエミリーの伯父はオーガ大公家の金庫からお金を盗《ぬす》もうとしたのだが、中には手紙しか入っていなかったらしい。

その手紙はエミリーが私とやりとりしていたもので、そこからスプリヌ地方での真珠養殖の事業を知ったようだ。

私を誘拐すれば、婚約者を大切にしているガブリエルは必ず真珠養殖の技術を手放すだろうと信じ、実行に移したようだ。

その結果、誤って帝国の皇太子妃である姉を誘拐してしまった。

罪は相当重いようで、連行した騎士が「二度と太陽の下に出られるとは思うなよ」などと言っていたらしい。

ひとまず、彼らの罪は国が裁いてくれるだろう。しっかり反省し、悔《く》い改《あらた》めてほしい、と心から思ったのだった。

◇◇◇

翌日――とんでもない知らせが飛び込んでくる。

まだ、太陽も昇《のぼ》りきっていない時間帯であった。

義母が血相を変えて私のもとへと駆け込んできた。

「フランセットさん、起きてくださいませ!」

「お、お義母様、どうかしたのですか?」

「それが――」

姉の夫である皇太子が竜に乗って、単独でスプリヌ地方にやってきたと言うのだ。

義母曰《いわ》く、訪問というよりは乗りこんできたというのが正しい表現らしい。

姉が誘拐されたことで、とてつもなく怒《おこ》っているようだ。

犯人であるエミリーの伯父と従兄の身柄を帝国に引き渡すよう主張しているが、ガブリエルとアクセル殿下が必死になだめていると言う。

「あ、姉と母を起こしてきます!!」

私や義母が騒《さわ》いだからかプルルンも起きたようで、私の肩に飛び乗った。

身なりなんて気にしている場合ではない。着の身着のまま、姉と母がいる客間の寝室《しんしつ》へと駆け込む。

「お母様、アデルお姉様、大変です！　お義兄様が単騎《たんき》で訪《おとず》れたようです！」

すぐに飛び起きたのは姉だった。

「フランセット、今、信じがたい言葉が聞こえたのだけれど」

「お義兄様が、竜に乗っていらっしゃったようです」

「なんてことなの……」

その一方、母はスヤスヤと眠《ねむ》っている。何度か起こしたが、目を覚まさない。

帝国から連れてきた侍女を呼び寄せ、姉の身支度《みじたく》と母を起こすよう頼《たの》んでおく。

私も最低限、寝間着《ねまき》からドレスに着替《きが》えなければならないだろう。

心の中で、ガブリエルとアクセル殿下がもうしばらく時間稼《かせ》ぎをしてくれますように、と祈《いの》りを捧《ささ》げた。

三十分後、姉と共に庭に急ぐ。

すでに地平線から太陽が顔を出し、周囲は明るくなりつつあった。

なんでも皇太子は竜に跨がったまま、犯人を引き渡し、姉を連れてくるよう強く要求しているようだ。

やっとのことで辿《たど》り着くと、そこには前傾姿勢《ぜんけいしせい》になって牙《きば》を剥き出しにした赤竜の姿があった。背中には赤い髪《かみ》で体格が立派な、年若い男性が跨がっていた。

対するアクセル殿下も竜に跨がっていて、必死に皇太子をなだめているように見える。

ガブリエルは二頭の竜の間に立ち、落ち着くように説得していた。

なんて声をかけようか迷っていると、姉が叫んだ。

「もちこちゃん、お座《すわ》り!!」

すると、赤竜が姿勢を低くし、大人しく座った。

「も、もちこちゃん?」

「殿下の竜の名前よ」

赤竜の名前はどうでもいいとして。

皇太子は姉の姿を確認すると、竜から飛び下りてくる。

「アデル!!」

赤竜がいた場所からここまで少し距離《きょり》があったものの、皇太子はあっという間に駆けてきた。

「殿下、どうしてこちらに？」

「お前が誘拐されたと聞いて、いてもたってもいられなかったんだ」

おそらく誰にも告げずに飛んできたに違《ちが》いない。よくよく見ると、皇太子は顔色が悪く、目は血走っている。目の下には濃《こ》いクマができていた。たぶんだが、眠らずにスプリヌ地方までやってきたのだろう。

ここまでするなんて、思っていた以上に、皇太子は姉を愛しているのだ。

姉も感激して涙するのか、と思いきや――。

パン！　と朝焼けの中、派手な音が響《ひび》き渡る。

信じがたいことに、姉は皇太子の頬に強烈《きょうれつ》なビンタをお見舞《みま》いしていた。

「ア、アデル？」

「どうしてそのように勝手なことをなさるのですか⁉」

空気がビリビリと震えるような声に、皇太子は目を丸くしていた。

姉は間髪《かんはつ》を容《い》れずに皇太子に指摘《してき》する。

「きっと誰にも言わずに、感情に任せてここまでいらっしゃったのでしょう？」

「あ、ああ、そ、そうだな」

「今頃《いまごろ》、殿下のせいで、皇宮《こうぐう》は混乱していることでしょう！　私は大丈夫、という手紙を送ったのに、どうして帝国で帰りを待てなかったのですか⁉」

「いや、その……」

「いきなり殿下がやってきては、スライム大公家の人々にも迷惑がかかるのですよ‼」

「しかし」

「現に、早朝からアクセル殿下とスライム大公を起こすなんて、ありえませんわ‼」

皇太子は目を泳がせ、なぜか最終的に、私に助けてくれと訴《うった》えるような視線を送ってくる。

どうして初対面の皇太子に、助けを求められてしまったのか。

この事態をどうにかしてほしいのは、皇太子だけではなかった。

皇太子の背後に佇《たたず》むガブリエルやアクセル殿下までも、私にどうにかしてほしい、と視線で訴えているように見えたのだ。

このように激しく怒る姉を見るのは初めてである。止められるかどうか、わからないのだが……。

姉の怒りは収まらないようで、ガミガミと怒鳴り続けていた。

皇太子はまるで、いたずらをして叱られている仔犬《こいぬ》のようだった。

そろそろ可哀想《かわいそう》になったので、姉を止めてみる。

「アデルお姉様、お義兄様も反省しているようですし、それくらいにしておきませんか？」

姉の腕《うで》をぎゅっと握り、懇願《こんがん》してみた。

すると、姉はあっさりと「それもそうね」と言葉を返す。

烈火《れっか》のごとく怒った挙げ句、落としどころがわからなくなっていたのかもしれない。

姉は皇太子の腕を取り、アクセル殿下とガブリエルへ言葉をかける。

「朝から殿下がご迷惑をかけたようで、のちほど、正式に謝罪させていただきます」

アクセル殿下とガブリエルは必要ないと言っていたものの、姉が押《お》し切る形となった。

皇太子は魂《たましい》が抜《ぬ》けたように大人しくなっていて、強い態度に出ることはなくなった。

無事、この場が収まったようでよかったと胸をなで下ろす。

姉のおかげで大きな問題になるのは阻止《そし》できたようだ。

その後、皇太子はアクセル殿下やガブリエルと話し合いを重ね、事件について理解を深めたようだ。

オーガ大公であるエミリーも、皇太子と姉に謝罪したと言う。

ひとまずエミリーの伯父と従兄の身柄は騎士隊が預かり、国内の裁判にかけられることになりそうだ。

事態が収まり、ホッとしたのも束の間のこと。

なんと、皇太子も私とガブリエルの結婚式《けっこんしき》に参加する方向で話が進んでいた。

帝国側は皇太子が考えもなくスプリヌ地方にまで単騎で乗りこんできた、ということにしたくないらしい。

皇太子も納得《なっとく》しているようで、結婚式当日はとてつもなく豪華《ごうか》な顔ぶれが並びそうだ。

それにより、警備が強化されるようで、帝国から大勢の騎士がスプリヌ地方にやってきた。

彼らは遠征《えんせい》で自炊《じすい》や野営に慣れているらしく、宿泊施設《しゅくはくしせつ》や食事を用意せずとも、自分達でなんとかしてくれるようだ。

ついでに空いた時間にスライムを討伐《とうばつ》してくれているらしい。感謝してもし尽《つ》くせないだろう。皇太子はスプリヌ地方での滞在を、思いのほか楽しんでくれているようだ。なんでも新《しん》婚《こん》旅行に行けていなかったようで、そのつもりで姉との時間を過ごしているらしい。

さすがにお祭りに招待はできないが、スライム大公家の庭にアヒルレースのコースを作り、簡易的ではあるものの、レース大会を開催《かいさい》した。

そこでアレクサンドリーヌが大活躍《だいかつやく》し、大会を大いに盛り上げてくれる。

見事、皇太子は予想を的中させ、景品である湖水地方のアヒル堂のお菓子《かし》の詰め合わせを手にしていた。帝国へ持ち帰るお土産《みやげ》ができたと喜んでくれたようだ。

他にも、皇太子はガブリエルが作ったスライム製品に興味を示し、帝国にも取り入れたいと言ってくれた。

帝国との外交に加え、皇太子もやってきたことから、双方《そうほう》の国の距離はぐっと近くなったようだ。特に、皇太子はガブリエルが作る発明品を褒《ほ》めていたという。

ガブリエルは帝国の皇太子に認められるなんて、夢のようだと呟《つぶや》く。

現実だと知らしめるためにプルルンと一緒《いっしょ》に抱きしめてあげると、ようやく夢の中の出来事ではないと自覚してくれたようだ。

楽しい日々はあっという間に過ぎ去り、私達はようやく結婚式の当日を迎《むか》える。

眠れないのではないか、と心配していたものの、前日は姉とお酒を飲んだので、ぐっすり眠れた。

朝からニコとリコ、ココがやってきて、祝福してくれる。

「フランセット様、本日はとてもお日柄《ひがら》もよく、結婚式に相応《ふさわ》しい日ではないでしょうか？」

「今日という日を、いつかいつかと待ちわびておりました」

「本当に、おめでとうございます」

「ニコ、リコ、ココ、ありがとう。嬉《うれ》しいわ」

こういう言葉をかけてもらうと、ついにガブリエルと結婚《けっこん》するのだ、という実感が湧《わ》いてくる。この日をどれだけ夢みていたか……。

「フランセット様、今日は大変な一日でしょうから、朝食をしっかり食べて、倒《たお》れないようにしないとですね！」

「ニコ、ありがとう」

彼女は名前の通り、いつもニコニコしていて、周囲の雰囲気《ふんいき》を明るくしてくれる。

ニコの動物を愛する情熱のおかげで、アレクサンドリーヌの慣れないスプリヌ地方での暮らしはいつもいつでも快適だっただろう。

「今日はフランセット様のお好きな料理ばかりご用意しました」

「リコ、ありがとう」

三つ子の中で一番しっかりしていて、彼女に仕事を任せていれば間違《まちが》いないと思えるくらい信頼《しんらい》している侍女の一人だ。

リコがいてよかった、と思ったのは一度や二度ではない。心から感謝していた。

「フランセット様、その、ご結婚を祝して、小さい絵なのですが、お二人の肖像画《しょうぞうが》を仕上げてみました」

そう言って、ココが控《ひか》え目《め》な様子で絵を見せてくれた。それは私とガブリエルが手を取り合って微笑《ほほえ》み合う、幸せな瞬間を切り取ったような肖像画であった。

「ココ、すごいわ！　ありがとう」

彼女《かのじょ》の絵の才能は相当なもので、王都の貴族から一生遊んで暮らせるほどの報酬《ほうしゅう》と引き換《か》えに専属絵師にならないか、と声がかかるほどだ。けれどもココはそれを断って、スライム大公家に居続けてくれている。

絵の才能を見抜《みぬ》いてくれた私に恩返しするのだ、なんて言ってくれたものの、そんなことは気にしなくていい。いつか、彼女が好きなものを描《えが》ける環境《かんきょう》を用意しなければ、と考えていた。

「ニコ、リコ、ココ、あなた達《たち》のおかげで、私はこれまでスプリヌ地方で快適な暮らしを送ることができたの。心から感謝しているわ」

そんな言葉をかけると、三人とも瞳《ひとみ》を潤《うる》ませる。

「私達だって、フランセット様がやってきてから、毎日楽しくって」

「屋敷《やしき》の者達も皆《みな》、表情が明るくなりました」

「すべてはフランセット様のおかげなんです」

ニコとリコとココは、揃《そろ》って頭を下げる。

まさかこんなふうに想《おも》ってくれているなんて、知らなかった。胸がじんわりと温かくなる。

「やだ……結婚式はまだなのに、朝から泣きそうになってしまったわ」

「私達もですよー！」

泣いたら顔がむくんでしまうので、我慢《がまん》しなければならない。

楽しい話をしよう、と提案すると、ニコが〝家禽騎士《かきんきし》隊祭〟でアレクサンドリーヌのぬいぐるみやお面が子どもに大人気だ、なんて話を聞かせてくれた。

楽しく朝食を済ませたあと、コンスタンスが食後の紅茶を運んできてくれた。

「フランセット様、ご結婚、おめでとうございます」

そう言って、紅茶と一緒に、デンファレの花を挿《さ》した花瓶《かびん》をテーブルに置いてくれる。

デンファレの花言葉は〝お似合いの二人〟。彼女《かのじょ》らしい祝福の仕方だ、と思ってしまった。

「コンスタンス、あなたには今日まで、よく助けてもらったわ」

「もったいないお言葉でございます」

クールな印象のコンスタンスだが、働き者な上に気配りも完璧《かんぺき》で、なくてはならない存在だ。

これからもよろしくと声をかけると、淡《あわ》く微笑んでくれる。

もっと話をしたかったのだが、これからのスケジュールを聞かされてお喋《しゃべ》りをしている場合ではないと気付かされた。

朝食後は入浴の時間になり、全身をくまなく磨《みが》かれる。

そのあとは髪や爪《つめ》の手入れ、全身のマッサージと続く。

ボリュームのある昼食を食べたあとは、少し昼寝《ひるね》をしたほうがいいと言われてしまった。

普段《ふだん》昼寝なんてしないので眠れるわけがない。そう思っていたのに、ぐっすり眠ってしまった。午前中の疲《つか》れがきれいさっぱりなくなった状態で、結婚式の身支度を開始する。

ニコとリコとココ、そしてコンスタンスが総出で婚礼衣装《こんれいいしょう》を着せてくれた。

一度試着しているものの、何度袖《そで》を通しても緊張《きんちょう》する。

まとったあとは、婚礼衣装にカバーをかけて化粧《けしょう》、髪結《かみゆ》いの順に行う。

最後に宝飾品《ほうしょくひん》を身に着ける作業は、家族がするのが慣習なので、先に母と姉を呼んできてくれた。

「あら、フランセット、よく似合っているわ」

「本当に。フランセット、きれいよお」

二人から褒められ、なんとも気恥《きは》ずかしい気持ちになる。

母は耳飾《みみかざ》りを、姉は首飾《くびかざ》りを着けてくれた。

姉は瞳をうるうるさせながら、言葉をかける。

「フランセット、絶対に幸せになるのよ」

「はい」

母も姉の言葉に続く。

「もしもケンカをしたときは、いつでも帝国に逃《に》げ込《こ》むのよお」

「そうならないよう、仲良く暮らしたいです」

「ええ、それが一番よお」

二人の言葉を、胸に刻んでおく。

母や姉と入れ替わるように、義母とモリエール夫人がやってきた。

「まああ、フランセットさん！　すばらしい着こなしですわ！」

「ええ！　お姫様《ひめさま》みたいですね～～」

皆で協力して仕上げた婚礼衣装でもあったので、感慨深《かんがいぶか》く思えてしまう。

「モリエール夫人、スプリヌ地方にやってくる前には、大変お世話になりました。親身に買い物に付き合ってくださって、本当に感謝しております」

「いえいえ～。あれはわたくしも楽しんでおりましたもの！」

モリエール夫人が思いきっていろいろ選んでくれなければ、アクセル殿下や皇太子を迎えるための装《よそお》いに悩まなければならなかっただろう。おかげさまで、不足している品は何一つなく、スプリヌ地方で豊かな暮らしを送れているのだ。

「フランセットさん、ガブちゃんのこと、よろしくお願いしますね」

「はい、お任せください」

続いて義母のほうを見つめる。まだ何も言っていないのに、すでに義母は涙ぐんでいた。

「お義母様、今日まで、本当の娘《むすめ》のようにかわいがってくださり、心から感謝しています」

「当たり前ですわ、息子《むすこ》の花嫁《はなよめ》なんですもの。かわいいに決まっています。でも、フランセットさんだったら、王都で普通に出会っても、親友になれていたかもしれませんね。そんな女性が嫁いできてくれたことを、心から嬉しく思います」

「お義母様……」

コンスタンスから「泣いてはいけませんよ。化粧が崩《くず》れますから」なんて言われていたのに、すでに涙ぐんでしまう。

「フランセットさん、これからも、あなたがやりたいことはなんでも挑戦《ちょうせん》してくださいね。わたくしは、いつでもフランセットさんの味方ですから」

ガブリエルが反対しても、義母は私を支持してくれるらしい。

「フランセットさんを守るために、ガブリエルとは全力で戦うつもりですわ」

義母の気合いを前に、思わず笑ってしまう。涙も引っ込んでいったので、ありがたい。

頼もしい義母だと、しみじみ思ったのだった。

最後に義母が真珠《しんじゅ》のティアラと長いベールを着けてくれた。ここでようやく花嫁の装いが完成となる。

コンスタンスが姿見を運んできて、見せてくれた。

「フランセット様、いかがでしょうか？」

「まあ……！」

窓から差し込む太陽の光を受け、湖水真珠がキラキラと輝いている。

皆で一針一針刺《さ》した銀糸の刺繍《ししゅう》も、とても美しい。

ベールに散らした真珠は、まるで流れ星のようだった。

自分が自分でないように思えてしまう。皆で作り上げたものだから、きれいだと言ってもいいのだろう。

「みなさん、きれいにしてくれて、ありがとうございます！」

感謝の気持ちを伝えると、皆、優《やさ》しく微笑んでくれた。

ガブリエルの支度《したく》も完了《かんりょう》しているらしく、コンスタンスが呼びに行ってくれた。

他の人々も、部屋からいなくなる。

ソワソワしながら待っていたら、控え目に扉《とびら》が叩かれた。

「フラン、入ってもいいですか？」

「え、ええ、どうぞ」

ゆっくり扉が開かれ、純白のタキシードに身を包んだガブリエルがやってきた。

ガブリエルはプルルンも抱《かか》えて登場した。

部屋に入るなり、ガブリエルは呆然《ぼうぜん》とした様子で私を見つめる。

「フラン……きれいです。世界一美しい花嫁です」

「ありがとう。あなたも、とてもかっこいいわ」

「よかったです」

ガブリエルは私の前に跪《ひざまず》き、絶賛の言葉を繰り返す。

「この世に存在していることを、疑いたくなるくらいです」

「おおげさだわ」

「そんなことありません！」

湖水真珠も私の美しさを際立《きわだ》たせている、と言ってくれた。

「間に合ってよかったです」

「本当にそう思うわ」

エミリーの協力と、ガブリエルの頑張《がんば》りのおかげで完成した真珠である。

私の大切な宝物になるだろう。

ここで、これまで大人しくしていたプルルンに声をかける。

「プルルン、あなたも来てくれたのね」

『ガブリエルが、きんちょうするから、いっしょにきて、っていったの！』

「そうだったのね」

彼《かれ》がプルルンと共に登場したのは、なんともかわいらしい理由からだった。

「一応、口止めしていたのですが」

「プルルンには隠《かく》し事《ごと》なんてできないのよ」

「そうかもしれません」

話をしている間に、結婚式の時間が近づいてきた。

「ではフラン、行きましょう」

「ええ」

ガブリエルの差し伸《の》べた手に、指先を重ねる。

この日のために用意された白い馬車で、領内に唯一《ゆいいつ》の礼拝堂へと向かったのだった。

◇◇◇

先にガブリエルが礼拝堂に入り、私は扉の前に向かった。

ドレスの裾《すそ》やベールが長いので、歩くだけでも大変である。

そんな私を助けてくれるのは、王都の菓子店《かしてん》で働くソリンと、エミリーだ。

彼女達は私のブライズメイドである。

ブライズメイドの二人は、婚礼衣装に似たシェルピンクのドレスをまとっている。ブライズメイドには、花嫁と同じような恰好《かっこう》をし、花嫁を狙《ねら》う悪魔《あくま》を惑《まど》わす役割がある。

バージンロードを一緒に歩くのも、彼女達なのだ。

「フラン、本当にきれいだわ」

「ソリン、ありがとう」

エミリーは完成した湖水真珠をあしらった婚礼衣装を前に、涙ぐんでいた。

「フランセット様、真珠のドレスがお似合いです!!」

「エミリー様のおかげで、着ることができたの。心から感謝しているわ」

「お礼を言いたいのは、こっちのほうですよ」

ガブリエルが考案した真珠養殖《しんじゆようしよく》の技術は、オーガ大公領でも応用されているらしい。先日、新たなオーロラ真珠を作ることに成功したようだ。

オーロラ真珠の流通が再開されるのも、時間の問題だろう。

礼拝堂の鐘《かね》が鳴るのと同時に、扉が開かれる。

厳《おごそ》かなパイプオルガンの演奏が流れる中を、ソリンやエミリーと共に歩いていった。

ドレスの裾やベールを運んでくれるのは、プルルンを始めとするスライム達だった。

演奏に合わせるように跳びはねながら移動している、とソリンがそっと教えてくれた。

途中《とちゅう》で待っていたガブリエルが、手を差し伸べてくれる。

ソリンとエミリーに感謝の気持ちを伝え、彼女達と別れた。

ここから先は、ガブリエルの手を取って進んでいく。

祭壇《さいだん》の前で、永遠の愛を誓《ちか》う。

「ガブリエル・グリエット・ド・スライム――汝《なんじ》は隣《となり》に立つフランセット・ド・ブランシャールを妻とし、健《すこ》やかなるときも、病《や》めるときも、喜びのときも、悲しみのときも、富めるときも、貧しいときも、すべてを愛し、尊重し、共に助け合い、命が続く限り、真心をもって尽くすことを誓いますか？」

「はい、誓います」

迷いのない声色《こわいろ》だった。

今度は私に、同じ言葉が問いかけられる。

「フランセット・ド・ブランシャール――汝は隣に立つガブリエル・グリエット・ド・スライ

ムを夫とし、健やかなるときも、病めるときも、喜びのときも、悲しみのときも、富めるときも、貧しいときも、すべてを愛し、尊重し、共に助け合い、命が続く限り、真心をもって尽くすことを誓いますか？」

「はい、誓います」

これから楽しいばかりの人生ではないだろう。

けれども彼と一緒ならば、乗り越《こ》えていける。そう思えてならなかった。

神父は最後に参列者のほうを向くと、彼らに問いかける。

「この結婚に異議を唱える者は、申し出てください」

しんと静まり返る中でふと気付く。

両家の両親の席に父親がいなかったのだ。

ガブリエルも気付いたようで、落胆《らくたん》の表情を見せていた。けれどもそれも一瞬《いっしゅん》で、すぐにキリリと引き締《し》まった表情を浮《う》かべる。

私達《たち》の結婚に異議を唱える者はいなかったので、結婚式は終わった。

礼拝堂から出ると、参列者が花びらをふりかけて祝福してくれる。

その中に、よく見知った顔を発見した。父である。

結婚式には間に合わず、遅《おく》れて来たらしい。父の背後には従僕《じゅうぼく》のアンドレも控えていた。

そんな父は、同じ年頃《としごろ》の男性と共にいた。

あれはもしかして――。

「ねえ、ガブリエル、あの男性は!?」

「ええ、父です」

私の父がガブリエルの父の背中を強く押した。それと同時に、ガブリエルも駆《か》け寄っていき、父親を抱きしめる。

「父上、これまでどこに行っていたのですか!!」

「すまない、ガブリエル……本当に、すまなかった」

間に合ってよかった、と心から思う。

ガブリエルの父親の行方《ゆくえ》について、探偵《たんてい》から発見できなかったと報告を受けたあと、すぐに父に手紙を送った。

交友関係が広い父が本気で捜したら、見つかるのではないかと期待し、無理を承知で頼みこんだのだ。

父は頻繁《ひんぱん》に手紙で調査の進捗状況《しんちょくじょうきょう》を教えてくれた。

最後に届いたのは一週間前。もしかしたら見つかるかもしれない、という報告だったのである。

式に参列していなかったので、結局見つからなかったのだろうと諦《あきら》めていた。

まさか、このタイミングで連れてきてくれるなんて。

ただ、すべての人が再会を喜んでいるわけではないだろう。

周囲を見回し、義母の姿を発見する。

呆《あき》れたように、抱擁《ほうよう》する親子の姿を眺《なが》めているようだった。

怒っている様子はなかったので、ホッと胸をなで下ろす。

「父上、おかえりなさい」

「ああ、ただいま。せっかくの結婚式なのに、遅《おそ》くなって、すまなかった」

「本当に、大遅刻ですよ」

親子は微笑み合う。

礼拝堂での挙式は感動的な再会で幕を閉じたのだった。

◇◇◇

その後、領民を招き、披露宴《ひろうえん》を行った。今回の結婚式のテーマである彼らが主役だ。

お腹《なか》いっぱい料理を食べ、愉快《ゆかい》な様子で歓談《かんだん》している。こんな光景を見ることができるなんて、喜びでしかない。

「ねえ、ガブリエル、見て。みんな、とっても楽しそうよ」

「ええ、夢のような光景です」

これが、私達が思《おも》い描いていた結婚式なのだ。

領民達を招いた披露宴は大変な盛り上がりだった。

子ども達はお菓子が食べ放題という夢のような状況《じょうきょう》に歓喜《かんき》し、大人達も料理やお酒を楽しんでくれた。

スライム達は祝福の舞《ま》いを見せてくれた。なんでもプルルンをリーダーとし、これまで練習していたらしい。

あまりにも可愛《かわい》い余興であった。

楽団や曲芸師なども招待し、大盛況《だいせいきょう》のまま終了《しゅうりょう》する。

あっという間の一日だった。コンスタンスが用意してくれたお風呂《ふろ》に浸《つ》かって、幸せとしか言いようがない結婚式や披露宴を振《ふ》り返る。

喜びはそれだけではない。私はついにガブリエルの妻になった。

お風呂から上がると、この日のために用意されていた純白のシュミーズを着た。

このままだと恥《は》ずかしいので、ガウンをまとう。

寝室にはすでにガブリエルの姿があった。

「ガブリエル?」

「はい!?」

今日一日、いろいろあってぼんやりしていたのか、驚《おどろ》かせてしまったようだ。

髪を結《ゆ》っていない彼を見るのは初めてで、なんだか新鮮《しんせん》である。

ガブリエルの手を握ると、信じられないくらい冷たくなっていた。

「ねえ、手がとっても冷たいけれど、大丈夫《だいじょうぶ》なの?」

「緊張……しているのかもしれません」

「そうだったのね」

私はお風呂上がりなので、手がポカポカだ。しばらく握って、温めてあげよう。

そんなわけで、手を握り合ったまま話をする。

「フラン、父を捜《さが》してくれたようで、感謝します」

「余計なお世話じゃなかった？」

「いいえ、ぜんぜん！　その、久しぶりに会えたら父を叱ろうと決めていたのに、いざ本人を目の前にすると喜びのほうが勝ってしまいました」

なんでもガブリエルの父親は、王都の郊外《こうがい》にある養育院で働いていたらしい。

スプリヌ地方を出て行ってからというもの、毎日一滴《てき》のお酒も飲まず、禁欲的な暮らしをしていたようだ。

「母にも謝罪できたようで、妙《みょう》にスッキリした表情を浮かべていました」

「だったらよかったわ」

また遊びにやってくる、と約束を交《か》わしたらしい。

「私も、王都にいる父のもとを訪れたいと考えています。そのときは、一緒に来ていただけますか？」

「もちろん！」

ガブリエルが父親との再会をこんなにも喜んでくれるなんて、思ってもいなかった。

勇気を振り絞《しぼ》って、行動を起こしてよかった。

「今日一日、たくさんの人達に祝福されて、本当に幸せでした」

「私もよ」

数年前、姉がマエル殿下《でんか》と婚約《こんやく》したとき、私の人生は終わったと思っていた。

けれどもそんなことはなかった。

ガブリエルが私を花嫁として迎え、願ってもない幸福な結婚式を挙げることができたのだ。

彼は私に熱い眼差《まなざ》しを向けながら、訴えてくる。

「フラン……フランセット。私はあなたを、永遠に大切にします」

「私も、ガブリエルをたくさん幸せにするわ」

そんな誓いを永遠にするために、口づけを交わす。


結婚したからといって、幸せになれる保証はどこにもない。

結婚は二人で歩む、人生の始まりに過ぎないのだ。

そこからどうやって生きるかが大きな課題なのだろう。

ただ、どんな困難に襲《おそ》われようとも、ガブリエルと一緒ならば乗り越えていける。

そして、どんな幸せも、ガブリエルと分け合うことができるのだ。

今、不思議と未来を確信している。

私はきっと、世界一幸せな人生を送るだろう。

あとがき

こんにちは、江本マシメサです。

このたびは『スライム大公と没落令嬢のあんがい幸せな婚約』の第三巻をお手に取ってくださり、誠にありがとうございました。

第三巻は真珠養殖のエピソードをメインに、フランセットとガブリエルの結婚までの道のりを書かせていただきました。

第一巻が発売したさいにも書いたのですが、この作品はタイトルに〝幸せな婚約〟とあるように、結婚を最終地点として目指す物語ではありませんでした。

本来であれば一巻で完結するはずだったのに、こうしてフランセットとガブリエルが結婚するまで書かせていただき、本当に幸せに思います。

表紙は今回も、凪かすみ先生にすばらしい絵を描いていただきました。

婚礼衣装姿のフランセットはとても美しくて……！　ガブリエルはかっこいいです。

祝福するスライム達もかわいくて、最高の装画だと思いました。

凪かすみ先生、本当にありがとうございました！

今回はあとがきのページ数がたくさんあるようで、突然ではあるのですが、私の一日について書こうと思います。

まず、起床は朝八時くらいで、すぐに起きられず、一時間くらいごろごろします。

起き上がって活動するのは、九時くらいになります。

そこから歯磨きをし、顔を洗って、朝食の時間となります。

ニュースはだいたいたいウェブサイトで確認するので、この時間は大抵ＹｏｕＴｕｂｅを見ながらいただきます。

だいたい十時くらいから作業を開始します。

フリーランスで活動する人は、外出する予定がなくてもパジャマから着替えたほうがいい、なんて話を聞きます。

そのほうが仕事と私生活の切り替えができるとか、できないとか、理由があるそうです。

ですが私は気にせず、パジャマのまま一日過ごします。

ものすごくズボラです。

外出がなくても着替えることができる人を、私は心から尊敬します。

その後、昼食は食べたり、食べなかったり、その後も作業を続け、十四時から十五時になったら、待望のお昼寝の時間です。

私はほぼ毎日、お昼寝をします。長くて二時間くらい眠ります。

ロングスリーパーなので、お昼寝はとっても大事です。

そしてパジャマを着ているので、よく眠れるというわけです。

お昼寝からの起床後、お風呂や夕食を済ませ、だいたい二十一時くらいから二十三時半くらいまで作業をし、夜更かし時間に突入後、一時から二時くらいに就寝します。

以上が私の一日となっております。

パジャマのままで一日中過ごしているなんて、恥ずかしいのでこれまで内緒にしておりました。本邦初公開です。

ここで読んだ内容は、みなさま、お口チャックでお願いします。

最終巻なのに、こんな内容で申し訳ありません……。


スライム大公と没落令嬢のあんがい幸せな結婚、コミカライズが好評連載中です。

漫画は狸田にそ先生に、ご担当いただいております。

コミカライズ版はプルルンがとにかくかわいくって、毎回癒やされています。

フランセットは愛らしく、ガブリエルも素敵に描いていただいております。

今後、どのように描いていただけるのか、いち読者として楽しみにしております。

漫画版スライム大公～は『ファイアＣＲＯＳＳ』にて連載中ですので、ぜひともチェックしてみてくださいね。

最後に読者様へ。

ここまで読んでくださり、ありがとうございました！

おかげさまで、フランセットとガブリエルの幸せな結婚をお届けすることができました！

また、どこかの作品でお会いできたら嬉しく思います。

次巻予告

再び歌えるようになった聖女・アリシア。
リオンとの恋を育む中、彼女を手放したくない教会の影が迫りくる。
悩むアリシアが下した初めての決断とは——

二人の未来が大きく変わる第②巻

2024年発売予定。

コミカライズ版
ブチ切れ令嬢は報復を誓いました。
―魔導書の力で祖国を叩き潰します―
漫画 おおのいも
原作 はぐれメタボ
キャラクター原案 昌未
ブチ切れ令嬢は報復を誓いました。
―魔導書の力で祖国を叩き潰します―
3
おおのいも
はぐれメタボ
昌未
HJ COMICS
HJ COMICS
コミックス
1～3巻
大好評発売中!!
『コミックファイア』にて
大好評連載中!!
https://firecross.jp/comic

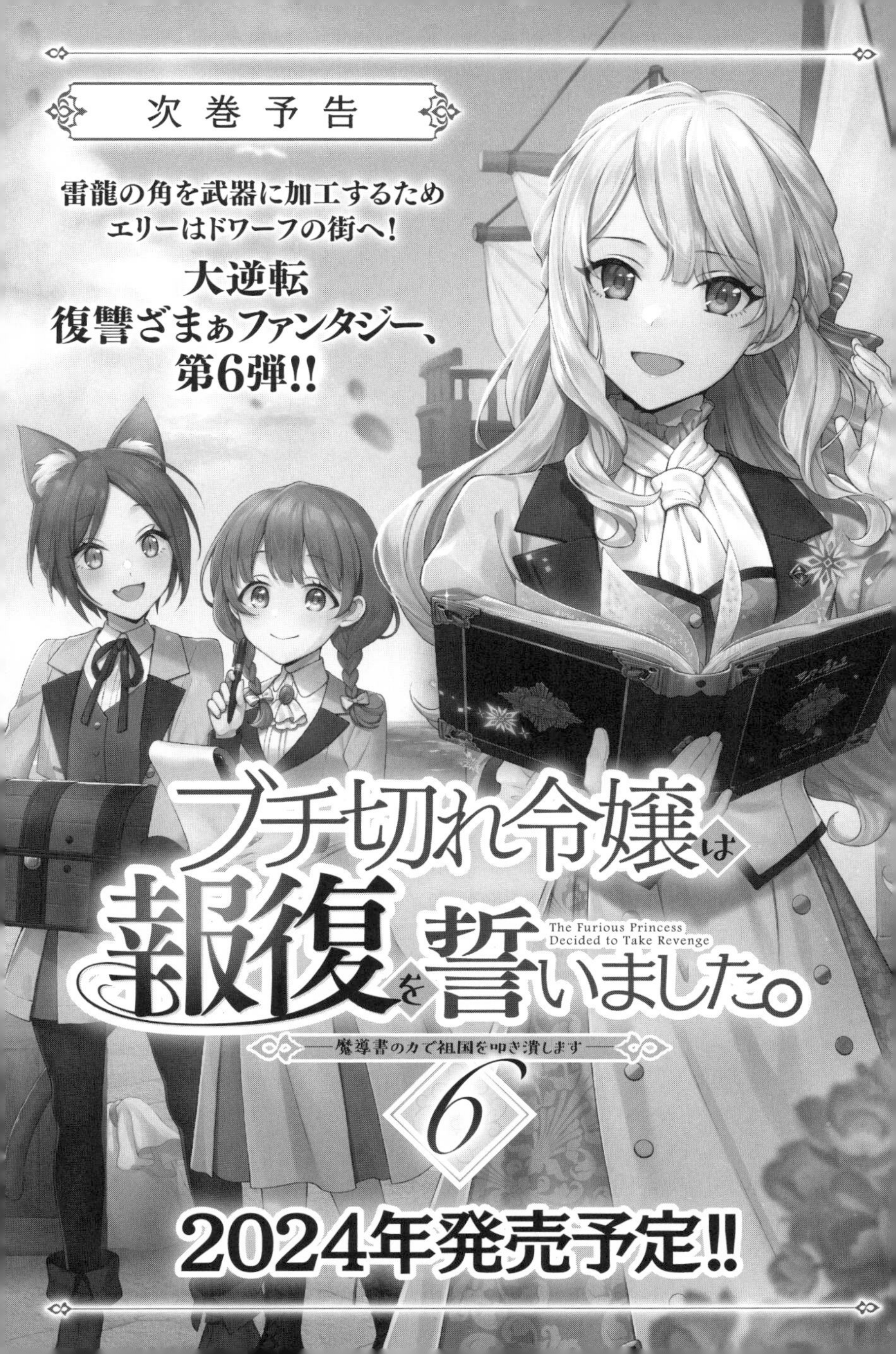
次巻予告
雷龍の角を武器に加工するため
エリーはドワーフの街へ！
大逆転
復讐ざまぁファンタジー、
第6弾!!
ブチ切れ令嬢は報復を誓いました。
The Furious Princess Decided to Take Revenge
―魔導書の力で祖国を叩き潰します―
6
2024年発売予定!!

HJ NOVELS
HJN71-03

スライム大公と没落令嬢のあんがい幸せな婚約 3

2024年4月19日　初版発行

著者——江本マシメサ

発行者—松下大介
発行所—株式会社ホビージャパン
〒151-0053
東京都渋谷区代々木2-15-8
電話　03(5304)7604（編集）
03(5304)9112（営業）

印刷所——大日本印刷株式会社

装丁——coil／株式会社エストール

乱丁・落丁（本のページの順序の間違いや抜け落ち）は購入された店舗名を明記して当社出版営業課までお送りください。送料は当社負担でお取り替えいたします。但し、古書店で購入したものについてはお取り替えできません。

定価はカバーに明記してあります。

Printed in Japan
ISBN978-4-7986-3509-5　C0076

ファンレター、作品のご感想お待ちしております
〒151−0053　東京都渋谷区代々木2−15−8
(株)ホビージャパン HJノベルス編集部 気付
江本マシメサ 先生／凪かすみ 先生

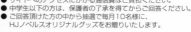